墨《ぼく》龍《りゅう》賦《ふ》

葉室 麟

JN150164

PHP
文芸文庫

○本表紙デザイン＋ロゴ＝川上成夫

目次

墨《ぼく》龍《りゅう》賦《ふ》

序

京都に住む絵師、小谷忠左衛門《おだにちゆうざえもん》に幸運が訪れたのは、寛永《かんえい》九年（一六三二）一月に大御所徳川秀忠《おおごしよとくがわひでただ》が没して間もなくのことである。

忠左衛門は、自《みずか》らを「絵屋」と称して細々《ほそぼそ》と暮らしを立てていた。父親は高名な絵師だったが、弟子《でし》の人数は少なく、狩野《かのう》派のように言わば絵師の工房を作ろうとはしなかった。

このため、忠左衛門は父の死後、独《ひと》り立《だ》ちしても大名や寺社、富裕な町人などからの注文はなく、京の片隅《かたすみ》で名もない絵師として三十五歳まで暮らしていた。

ところがある日、京都所司代《しよしだい》に呼び出され、驚いて赴《おもむ》くと、ただちに江戸へ下るよう命じられた。

忠左衛門が恐《おそ》る恐る、何のために江戸に下るのかと役人にうかがいを立てると、

――春日局《かすがのつぼね》の召し出しであるという。春日局と聞いて忠左衛門は仰天《ぎょうてん》した。京では春日局の評判が悪い。

春日局は、三代将軍徳川家光《いえみつ》の乳母《めのと》で名はお福《ふく》という。父は明智《あけち》光秀《みつひで》の重臣である斎藤《さいとう》内蔵助《くらのすけ》利三《としみつ》だった。「本能寺《ほんのうじ》の変」の後、内蔵助は、山崎《やまざき》の合戦《かっせん》で敗れて捕らえられ、処刑された。

お福は母方の一族である稲葉《いなば》重通《しげみち》の養女となり、その養子正成《まさなり》に嫁《か》して三人の男子を産んだ。その後、正成と離別して家光の誕生に伴い、その乳母となった。

父の将軍秀忠と母のお江《ごう》の方が家光の弟、忠長《ただなが》を愛したため、家光の将軍後継の座が危なくなったことがある。このとき、お福はひそかに駿府《すんぷ》の家康《いえやす》のもとに行って訴えた。これにより、家光は無事、世嗣《せいし》となることができた。このため将軍となった家光のお福への感謝の思いは大きかった。

お福は大奥を統率し、その影響力は将軍家光をはじめ、老中、諸大名など幕府の内外に及んだ。

寛永六年、それまで勅許《ちょっきょ》により、僧侶に与えられていた紫衣《しえ》に対する権限について幕府が制約を設けた、いわゆる紫衣事件が起きた。このとき後水尾《ごみずのお》天皇は憤激のあまり、譲位の意志を示した。この際、お福は大御所秀忠の内意をうけて上洛《じようらく》した。

幕府の一侍女《じじよ》の身分でありながら、お福は武家伝奏三条西実条《ぶけてんそうさんじようにしさねえだ》の猶妹《ゆうまい》に定められ、春日局の号を賜《たま》わり、参内《さんだい》を許された。このことにより、公家《くげ》たちに憎悪《ぞうお》され、

——希代の儀

と囁《ささや》かれた。お福の上洛も虚《むな》しく、後水尾天皇は興子《おきこ》内親王(明正《めいしよう》天皇)に譲位した。しかし、このころからお福は春日局と呼ばれるようになったのである。

そんな春日局からの呼び出しと知って忠左衛門はためらいつつも、京都所司代の役人に帯同されて江戸に赴いた。

ひと月をかけて江戸に下り、江戸城に登り、大広間で待つうちに春日局が現われた。さすがに上段には座らず、忠左衛門と向かい合った春日局は五十過ぎのようだが、色白で髷《まげ》は黒々として、気性の強さこそ感じさせるが凛《りん》とした美しさを湛《たた》えている。

平伏《へいふく》した忠左衛門を見据《みす》えた春日局は、

「そなたが海北友松《かいほうゆうしよう》様の息子殿か」

と訊《たず》ねた。手をつかえた忠左衛門は、さようでございます、とさらに頭を低くした。

春日局は、透《す》き通った声で、

「友松様には、昔、たいそう、世話になった。恩返しがしたいゆえ、江戸で屋敷を与える。幕府御用《ごよう》絵師の狩野にも話を通しておるゆえ、これから江戸で絵師として生きていけるはずじゃ」

と言った。忠左衛門は思わず顔を上げて訊《き》いた。

「春日局様には父をご存じであらせられましたか」

春日局は微笑《ほほえ》んだ。

「そなた、友松様から何も聞いていなかったのか」

「父は何も家の者に話さないひとでしたから」

忠左衛門は戸惑いながら答えた。

「そうであろうな。友松様はおのれの悲しみだけでなく徳行《とくぎょう》も語らぬひとであったな」

「さように存じます」

忠左衛門はあらためて父、海北友松のことを思い出してため息をついた。なぜ、あのように寡黙《かもく》で、ひとにおのれを語ろうとしなかったのだろうか、と思う。もし、父がひとに胸襟《きょうきん》を開いて話すひとであったなら、門人も多数集まり、あるいは狩野派をしのぐ流派として栄えていたかもしれない。そうではなかったがゆえに、自分は暮らしの苦労をしてきたのだ、と恨《うら》みに思ったこともあった。

忠左衛門が畳に目を落として黙《だま》ると、春日局は諭《さと》すように言った。

「友松様はそのようなおひとであった。それゆえにこそ、友に恵まれた。わたくしの父もその中のひとりであった」

春日局が述懐《じゅっかい》するのを聞いて忠左衛門は目を瞠《みは》った。一介《いっかい》の絵師であった父がどうして明智光秀の重臣であった斎藤内蔵助の友となったのだろう。

忠左衛門が信じられない思いでいると、春日局はしみじみと言った。

「そなたは、友松様のことを何も知らぬな。ならば、わたくしが教えてやろう」

春日局は静かに語り始めた。

一

天正《てんしょう》元年(一五七三)九月一日、近江《おうみ》の大名、浅井長政《あざいながまさ》の居城、小谷城《おだにじょう》が織田《おだ》信長《のぶなが》の猛攻により落城した。

この報《しら》せは翌日には、洛東《らくとう》の東福寺《とうふくじ》に届いた。

東福寺は臨済宗《りんざいしゅう》東福寺派の総本山で境内《けいだい》には無数の塔頭《たっちゅう》がある。その中のひとつの塔頭で海北友松は、親戚からの書状を受け取った。

友松は浅井長政の家臣、海北善右衛門綱親《ぜんえもんつなちか》の三男として天文《てんぶん》二年（一五三三）、近江国坂田郡《さかたごおり》に生まれた。

父親の善右衛門綱親は浅井家において、雨森弥兵衛《あめのもりやへえ》、赤尾孫三郎《あかおまごさぶろう》とともに、

——小谷三人衆
と呼ばれた。

だが、友松が三歳のおり、綱親は浅井亮政《すけまさ》が近江犬上《いぬがみ》郡の多賀貞隆《たがさだたか》を攻めた際、多賀氏の救援に駆けつけた島若狭守秀安《しまわかさのかみひでやす》の軍に、雨森弥兵衛とともに討ち取られた。

多賀氏は島秀安を称賛し、中でも、

——海善《かいぜん》と雨弥《あめや》
を討ち取ったのは手柄《てがら》であるとした。綱親はそれほど敵に恐れられた武者《むしゃ》だった。

綱親亡き後は友松の長兄が家督《かとく》を継ぎ、代々、当主の名である善右衛門を名のった。

友松は父の死から十年がたって十三歳になると、東福寺の喝食《かつじき》となった。戦《いくさ》で明日の命もわからぬ武門では、一族の中からひとりを仏門に入れることが、しばしば行われた。

海北一族の中で選ばれたのが友松だった。そのことを長兄の善右衛門から言い渡されたとき、友松は否《いな》とは言わなかった。ただ、落ち着いた表情で、

「仏門に入りましても、万一に備え、武術の鍛錬《たんれん》はいたしてもようございますか」

と訊いた。

善右衛門は顔をしかめた。

「僧侶《そうりよ》が殺生《せつしよう》の術《すべ》を覚えるのはいかがであろうか」

だが、友松は怯《ひる》まない。

「仏門といえども、時に刀槍《とうそう》をとります。かの比叡山《ひえいざん》にも僧兵がいたではありませんか。中でも武蔵坊弁慶《むさしぼうべんけい》という荒法師《あらほうし》は源平《げんぺい》合戦のおり、源義経《みなもとのよしつね》のもとで武勇をあらわしたと聞いております」

「なるほど、そうかもしれないが、わしがそなたに望むのは、仏道修行《しゆぎよう》に励み、

名僧になってくれることだ」

　善右衛門がきっぱり言うと、友松は哀《かな》しげにつぶやいた。

「いけませぬか――」

　苦笑した善右衛門はしかたなく言い添えた。

「いや、武術を鍛錬するだけならば体を強くするから仏道修行の妨《さまた》げにはなるまい。それに高僧になれば貴人と交《まじ》わらねばならぬゆえ、書や絵なども学んだほうがよかろう。そのような武術修業ならば許してやろう」

　友松はほっとしたように頭を下げた。

「ありがたく存じます」

　善右衛門はじっと友松を見つめた。

「そなたは、まことといったんは仏門に入っても還俗《げんぞく》して武士に戻りたいと思っているのであろう。だが、わしはそれを許さんぞ。そなたが武士に戻れるのは、わしが戦に敗れてあの世へ行ってからだと心得よ」

　友松の胸の内を見抜いたような善右衛門の言葉だった。友松は顔を伏せたまま何も言わない。

　善右衛門はこの日からひと月後に、友松を京の東福寺に送り届けた。

善右衛門の許しを受けて東福寺に入ってから槍《やり》、薙刀《なぎなた》の修業に励んだ。

戦国の世だけに各寺もそれなりの武装をしており、学ぼうと思えば薙刀や槍、剣術の修業はできた。

さらに絵も、時おり東福寺を訪れる幕府御用絵師の狩野永仙《えいせん》（元信《もとのぶ》）に学んだ。

元信は絵を真体《しんたい》や行体《ぎょうたい》、草体《そうたい》の三画体に分類し、それにもとづいて絵画技法をととのえた。当時、天下一の評判を得ていた絵師だった。

元信が絵師として活動したころ、京の支配者は細川高国《ほそかわたかくに》、細川晴元《はるもと》、大内義隆《おおうちよしたか》、木沢長政《きざわながまさ》、三好長慶《みよしながよし》と次々に代わったが、元信はその間を終始巧《たく》みに泳いで幕府御用絵師の地位を失うことはなかった。

さらに、朝廷でも土佐《とさ》家と並んで絵所預《えどころあずかり》に準ずる扱いを受けた。また、石山《いしやま》本願寺《ほんがんじ》には天文八年から天文二十二年までの間、しばしば出向いて仕事をしていた。

また、大徳寺《だいとくじ》大仙院《だいせんいん》客殿の〈四季花鳥図《かちょうず》〉襖絵《ふすまえ》など、山水《さんすい》花鳥図の名品を多く手がけている。そんな元信が、友松のどこに見どころがあると思ったのかはわからないが、二言三言《こと》、言葉を交《か》わしただけで弟子入りを許した。

それからは東福寺を訪れた際、友松の描《か》いた絵を見て教えた。ある日、元信は東福寺の住持《じゅうじ》に友松には気のすむまで絵を学ばせて欲しいと頼み、その際に、

「天成《てんせい》、梁楷《りょうかい》の妙手《みょうしゅ》を備えとる子や。やがてかならず絵師として名をなすやろう」

と告げた。

天下の絵師、狩野元信にそこまで言われれば東福寺としても異存はなく、友松はさらに絵に精進《しょうじん》した。

薙刀、槍でもともに学ぶ僧侶たちを寄せ付けないほど、抜きん出た。それだけの力が備わるにつれ、何度か善右衛門に還俗したいと願ったが許されなかった。

（兄上はわたしを恐れているのではないか）

武術の鍛錬で筋骨《きんこつ》たくましくなり、背丈《せたけ》も六尺《しゃく》（約百八十二センチ）を超した友松は額《ひたい》が広く、鼻梁《びりょう》は高く、顎《あご》が張って、さらに眼光鋭《するど》く、見るからに精悍《せいかん》な風貌《ふうぼう》だった。

それだけに還俗しての武者働きには自信があった。小谷三人衆として豪勇《ごうゆう》を恐れられた父の武名を継ぐのは自分しかいない、と思っていた。しかし、武門では兄弟の中で突出した者が現われるのを長兄は喜ばない。源頼朝《よりとも》と義経兄弟のように弟の武名が高くなれば、兄はこれを憎むことになる。

兄に疎《うと》まれているのではないか、と友松はひそかに思い、憂鬱《ゆううつ》な思いを抱《かか》えるようになっていた。

(このままではわたしはいつまでも還俗できず、籠《かご》の鳥でいるしかない)

友松は焦《あせ》り、苛立《いらだ》った。日ごろから法名《ほうみよう》で呼ばれることを好まず、友松とだけ称してきた。頭を丸め、僧侶の身なりではあっても心は武士である、と思っていた。

まわりの僧侶たちは、友松の荒々しい様子を見て、

「やはり、武士の子だ。仏の教えにはなじめぬのだ」

「いつか寺を出ていくのではないか」

と囁き交わした。

友松にもいつしかまわりの声は伝わり、さらに孤独が深まった。そんなおり、おのれの心を打ち明ける友が友松にもできた。

名を恵瓊《えけい》という。

恵瓊は友松が二十一歳になった天文二十二年春、東福寺の塔頭、退耕庵《たいこうあん》主、竺雲《じくうん》恵心《えしん》の弟子となっていた。

友松が恵瓊と出会ったのは、東福寺境内の伽藍《がらん》の北にある洗玉澗《せんぎよくかん》という渓谷《けいこく》を

眺《なが》めていたおりのことだった。洗玉澗は秋には見事な紅葉におおわれる。

このときは初春で紅葉はなかったが、友松は洗玉澗の風景を眺めながら、美しい紅葉を脳裏《のうり》にありありと思い浮かべることができる。炎《ほのお》が流れるような渓谷の紅葉は見飽《みあ》きることがないのだ。

友松が呆然《ぼうぜん》として脳裏の景色に酔う思いでいると、

「もし――」

と声をかけてきた者がいる。

はっとして振り向いた友松の前に、十七、八歳ではないかと思える眉目秀麗《びもくしゅうれい》で
ほっそりした体つきの僧が立っていた。

「何であろうか」

友松がやや切り口上《こうじょう》に答えると、若い僧は微笑して、頭を下げた。

「わたしは、このほど退耕庵主、笠雲恵心様に弟子入りしました恵瓊と申します。東福寺には知りびともおりませんので、どなたか話し相手になってくださる方がいないかと思っておりました」

「それで、わたしに声をかけたのか」

友松は眉《まゆ》をひそめて訊いた。恵瓊はにこやかな表情で、

――はい

と答える。

「なぜだ。わたしとは初めて会ったばかりで、口もきいたことがないのだぞ」

「それでも何とのう、わたしと似た方だと思ったのです」

恵瓊は落ち着いた声でなめらかに答えた。友松は何となく気圧《けお》されるものを感じて、うかがうように訊いた。

「なにゆえか教えてくれるか」

「あなたの背中を見ていたら、こんなところにはいたくない、外の世界へ飛び出したいという思いが感じられました」

「こんなところにいたくない、か」

友松は苦笑した。

「さようです。実はその思いはわたしも同じなのです。だから、あなたの気持がわかったのだと思います」

恵瓊は自信たっぷりに言った。このような思い込みが激しく自信にあふれた話し方はひとに嫌《きら》われるのではないだろうか、と思いながらも友松は少しも気にならない自分が不思議だった。それよりも、この恵瓊という若い僧への興味が湧《わ》いた。

「ここにいたくないと言われるが、では外の世界へ出て、何をしようというのだ」

友松に訊かれて、恵瓊はにこりとして答えた。

――御家再興《おいえさいこう》
ほう、と吐息《といき》をついて友松は、恵瓊のととのい過ぎているほどの美男顔を見つめた。

恵瓊は自らについてなめらかに語った。

幼名を竹若丸《たけわかまる》といい、安芸国《あきのくに》の守護家の銀山城《かなやまじょう》主、武田信重《たけだのぶしげ》の子だという。

天文十年（一五四一）、銀山城が毛利《もうり》氏に落とされ武田氏が滅亡したとき、逃《のが》れて、東福寺末寺の安芸国安国寺《あんこくじ》に入った。

「一族が滅亡する中、僧になって生き延びたのです。しかし、わたしは生き延びたからには家を再興しなければならないと思っています。そのために、いずれ寺を出るつもりなのです」

明快に言ってのける恵瓊の言葉に、いつの間にか友松はうなずいていた。しかし、あたかも恵瓊の言葉に操《あやつ》られているような気がして、少し意地の悪いことを口にした。

「だが、家を再興するとあれば還俗して武士となり、戦場《いくさば》働きで武功をあげなければならん。失礼ながら、非力に見える恵瓊殿にそれができるか」

ははっ、と笑ってから恵瓊は自分のこめかみを指で差した。

「手柄は何も戦場であげるとは限りません。頭を使えば、大将首を取るほどの働きはできるのです」

「頭を使う?」

思わず友松は首をかしげた。

「ご存じありませんか。わが師、竺雲恵心様は中国の大名、毛利氏の帰依《きえ》を受けておられます。しかし、それだけに留《とど》まらず、毛利家とほかの大名の間を行き来する使者となり、折衝《せっしょう》の役目も務めておられるのです。言うならば、兵を用いずの舌《した》先三寸《さきさんずん》で味方を増やすのです。僧にしかできないお役目ですし、これにより大きな手柄もあげられるのです」

恵瓊は怜悧《れいり》な口調《くちょう》で言ってのけた。

この若い僧こそ、後に中国の毛利氏の外交僧として活躍する、

——安国寺恵瓊
である。

二

恵瓊についてわからないところが、友松にはあった。

ある日、そのことを恵瓊に訊いた。

勤行《ごんぎょう》の後、ぶらりと洗玉澗に行ったおりだった。

「恵瓊殿は毛利のために働くつもりのようだが、毛利は恵瓊殿の御家を亡ぼした大名であろう。敵に仕《つか》えてわが家を再興するということがよくわからないのだが」

友松の言葉に恵瓊は眉ひとつ動かさずに、

「友松殿は天下の形勢を考えておられない」

と言った。

「ほう、そうだろうか」

友松は目を丸くした。

「いま天下を制しているのは誰だとお思いですか」

戸惑って友松が答えられずにいると、恵瓊はあっさり口にした。

「三好長慶です」

なるほど、と友松はうなずく。

長慶は管領《かんれい》細川家の執事《しつじ》の家柄だったが、ここ数年で目ざましく勢力を大きくした。

天文十八年（一五四九）には、長慶の威勢を恐れた十二代将軍足利義晴《あしかがよしはる》は京を脱出し、長慶は事実上、畿内《きない》を制圧した。さらに翌年には十三代将軍足利義輝《よしてる》と京で戦って勝ち、勢力を固めることに成功した。

その後、義輝との間で和睦《わぼく》と離反《りはん》を繰り返しているが、たったいま、京を握っているのは誰かと言えば三好長慶だろう。

「しかし、三好は小粒に過ぎる。たとえ、京を押さえていても、天下人《てんかびと》とは言えぬのではないか」

つまらなそうに友松が言うと、恵瓊はにこりとした。

「そうなのです。三好では天下は定まりません。もっと強く大きな大名が将軍家を支えなければ天下は治まらず、泰平《たいへい》の世がくることはありません」

友松は目を光らせた。

「では、その大名が毛利だというのか」

恵瓊は深々とうなずいた。

「中国筋《すじ》で将軍家を支える大名と言えば、かつては大内家でした。しかし、大内家は家臣の陶晴賢《すえはるかた》が謀反《むほん》を起こし、力を失いました。いまの陶と戦って中国地方を握ることができるのは毛利だけです」

中国地方の大勢力であった大内家は二年前、家臣の陶晴賢の謀反によって当主の大内義隆が自決していた。このころ安芸の土豪《どごう》から成り上がって勢力を築いていた毛利元就《もとなり》はすでに陶晴賢と対立している。いずれ戦って勝った者が中国地方の覇者《はしゃ》になるだろう、と恵瓊は話した。

「京に近い中国地方で力を持った大名こそが将軍家を守護して天下泰平の道を開けるのです。わたしは、わが家の再興とともに戦のない世をつくることが使命だと思っています」

恵瓊は怜悧な目で友松を見つめた。友松は何となく恥ずかしくなった。

「恵瓊殿はまことによく考えておられるな。わたしは武士として武名をあげたいと願うばかりで天下のことなど考えたことがなかった」

友松が苦笑すると、恵瓊は頭を横に振った。

「いや、友松殿はいつも、もっと大きなものを見つめておられます。されば、俗世間のことなど気にならぬのです」

「わたしは別に大きなことなど考えておらぬ」

友松は笑った。

「そうでしょうか。いつも洗玉澗を眺めながら物思いにふけっておられるではありませんか」

恵瓊は微笑みながら言った。

「あれは、この景色を絵にしたいものだ、と思って眺めているだけのことだ」

「大きなことを考えておられるとは、それなのです」

「どういうことだ」

恵瓊の言っていることがわからず、友松は顔をしかめた。恵瓊は目を輝かせて言った。

「わたしは友松殿が描かれた絵を見ました。水墨《すいぼく》で風景を描いたものでしたが、筆《ふで》で激しく叩《たた》きつけるように湖畔《こはん》の風景が描かれていました。あの絵から伝わってきたのは、この世を生き抜こうとする者の気魄《きはく》です」

「気魄ならば、若くして天下のことを考えている、お主《ぬし》のほうが雄渾《ゆうこん》ではないか」

面白《おもしろ》げに恵瓊を見て友松は言った。

「わたしは誰が強いかを見定め、強い方につこうとしているだけです。しかし、あの絵には他人とは関わりなくおのれの力だけで生き抜く者の潔《いさぎよ》さと勇気があふれていたように思います」

恵瓊は静かに言い切った。友松は黙したまま、恵瓊はいつ、わたしの絵を見たのだろう、とぼんやり考えた。


数日後――

狩野元信が東福寺を訪れ、住持と話した後、いつものように友松の塔頭《たっちゅう》にやってくると、描き溜《た》めた絵を見せるように言った。

友松が数枚の絵を持ってくると元信は気難し気な表情で一枚、一枚と見ていった。そして一枚を手にしたとき、手がぴたりと止まった。

「この絵は――」

元信の目が鋭くなった。

墨で描かれているのは、黒雲を呼び、天に駆け昇ろうとする龍《りゅう》だった。叩きつけるように描かれた黒雲が激しく動き、いまにも天から豪雨を降らせるかのようだ。黒々とした龍は体をうねらせ、天をつかもうとするかのように爪《つめ》を伸ばし、目は天を真《ま》っ直《す》ぐに見据えて爛々《らんらん》と輝いている。

「一番新しく描いたものでございます」

友松が遠慮がちに答えると、元信は絵を両手で引き裂《さ》いた。

「何をなさいます」

さすがにむっとした友松が睨《にら》みつけると、元信は白い眉の下のよく光る目で睨み返してきた。

「わしがそなたに絵を教えてきたんは、こないな絵を描かせへんためや」

友松は目を瞠った。

「何と仰《おお》せられます」

「わしら狩野一門がどないな思いで絵を描いとると思う」

「わかりませぬ」

友松が強い口調で答えると、元信は低い声で言った。

「幕府御用絵師として将軍様を楽しませるためや。天下人である将軍様が喜ばはるんやったら、天下の民《たみ》はみんな楽しむやろ。そのために絵筆をとるんや」

「わたしの絵では将軍様は楽しませられないのでしょうか」

友松は息を呑《の》んだ。

「楽しませられへんとも。これはひとに仕える者の絵やない。自らが主人となって天下を睥睨《へいげい》したいと望んでいる者《もん》の絵や」

元信はひややかに言うと、幾枚にも引き裂いた龍の絵をぱっと天井《てんじょう》に向かって投げた。破れた紙片が板敷《いたじき》に散った。

友松は唇《くちびる》を嚙《か》みしめて散らばった紙片を眺めた。やがて、押し殺した声で、

「わたしには、わたしの絵がなぜいけないのかわかりませぬ」

「わからへんやろうな。そやから、そなたは才はあっても絵師にはなれへん。いや、わが狩野派がある限り、そなたを絵師にはさせへん」

元信は言い捨てると塔頭から出ていった。

友松は呆然として見送ったが、やがて散らばった紙片をゆっくりと集め始めた。そして丁寧《ていねい》に並べて、元の絵の形にした。ちぎれた紙片の絵がひとつにつながり、再び黒龍が姿を現わした。

友松はじっと絵を見つめてつぶやく。

「還俗させぬ、と言われれば還俗せずにはいられなくなる。絵師にはなれぬと言われればなってみせたくなる。皆、わたしのことをわかってはおらぬようだ」

友松は顔を上げた。

静かに微笑みを浮かべている。

二年がたった。

天文二十四年(一五五五)九月――

友松は恵瓊とともに安芸に旅した。

このころ、毛利と陶の間でいつ戦端が開かれるかわからないとされており、元就は決戦に備え、主君である大内義隆を謀反により自決させた陶晴賢を討つべしとの勅命《ちょくめい》を得たいと望んで、恵心を通じて朝廷への工作をしていた。その結果、勅命が出ることになったと告げる密使として恵瓊が安芸に行くことになったのだ。

恵瓊は恵心から毛利への使いを命じられた際、護衛として友松を伴いたいと願った。

道中が危《あや》ういかもしれないという恵瓊の話に恵心は得心《とくしん》して、友松の師僧に頼んで護衛として借りてくれたのだ。

東福寺を発《た》つなり、恵瓊は、にこりとして、

「これでやっと寺を出ることができました」

と言った。友松はうなずく。

「毛利と陶の戦が始まるらしい。戦がどのようなものか知れば将来の役に立つだろ

うからな」

「まことにさようです」

墨染《すみぞ》めの衣《ころも》を着て笠《かさ》を被《かぶ》ったふたりは山陽道を進んだ。友松は槍をかつぎ、恵瓊も杖《じょう》を持っている。

やがて安芸灘《なだ》にさしかかったとき、街道を行くひとびとが騒然としていた。友松が通りかかった旅商人《あきんど》を呼びとめて訊くと、毛利勢と陶勢の間で大戦があったという。

「戦場はどこだ」

友松が腕をつかんで問うと、旅商人は青ざめて答えた。

「宮島《みやじま》でございます」

宮島と聞いて友松と恵瓊は顔を見合わせた。宮島は厳島《いつくしま》とも呼ばれる。天照大《あまてらすおお》神《みかみ》の子である宗像《むなかた》三女神を祀《まつ》った厳島神社がある。平清盛《たいらのきよもり》が信仰した神社で、厳島全体が神域となっている神の島だった。

そんな島で合戦があったとは信じられぬ思いだったが、厳島に近づくにつれ、海上にはおびただしい数の水軍の船が見えた。船尾に丸に上の字の旗が立てられている。

「村上水軍《むらかみ》ですね。毛利についたという噂《うわさ》がありましたが、本当だったようです」

恵瓊がつぶやく。

海岸に近づくと、ひとだかりがしているのが見えた。厳島の戦闘で敗れ、海に飛び込んだすえ、溺《おぼ》れ死んだ陶勢の兵の遺骸《いがい》が打ち寄せられているようだ。それを毛利勢らしい武士や足軽《あしがる》があらためている。

海岸には、死体が転《ころ》がり、潮《しお》の香《か》とともに死臭が立ち込めているようだ。

友松と恵瓊が歩いていくと、道行くひとびとの話から戦の様子がわかってきた。

毛利元就はあらかじめ厳島に小城を築いて陶晴賢を挑発し、おびき寄せたらしい。これにまんまとひっかかった晴賢は二万の大軍を五百余の船に乗せて岩国《いわくに》の今津《いまづ》から厳島へ渡り、塔《とう》の岡《おか》へ本陣を構えた。

これに対して元就は謀《はかりごと》が図に当たったことを喜び、三千の兵を率いて対岸の地御前《じごぜん》に陣を進め、夜になっておりからの暴風雨で荒れ狂う海を渡って厳島の東北岸に上陸した。

陶勢は暴風雨のため毛利勢が攻め寄せるとはまったく思っていなかった。そこへ元就が奇襲《きしゅう》をかけると陶勢は大混乱に陥《おちい》った。

毛利勢は火のように攻め立て、大軍の陶勢は同士討ちを始めるなどして、崩《くず》れた。追撃する毛利勢に陶勢は次々に討ち取られ、島を赤く血で染めた。

晴賢は毛利勢の追撃から逃れようと海岸線をめぐったが、どこに行っても味方の船はなく、毛利方についた村上水軍に取り囲まれていることを知った。

山越《やまごえ》をして、青海苔浦《あおのりうら》に出た晴賢は絶望して、

何を惜《お》しみ何を恨みんもとよりも
このありさまに定まれる身に

との辞世《じせい》の和歌を詠《よ》んで自決した。享年《きょうねん》三十五。

この厳島の戦いは十月一日の早暁《そうぎょう》に始まり、昼すぎには勝敗の決着がついたという。

恵瓊は元就が間もなく引き揚げるであろう居城の吉田郡山城《よしだこおりやまじょう》に向かうことにした。友松は同行しながら、

「しかし、毛利様は恐ろしい大将だ。神の島を戦場にしてしまうのだからな」

とつぶやいた。

「そのことは随分《ずいぶん》と悔《く》いておられるようですが」

恵瓊はかばうように言った。

元就はこの戦いで神域を穢《けが》したことをおそれ多いとして両軍の戦死者、負傷者をいち早く船で対岸へ移すとともに、流血で汚れた土砂を削《けず》り取って海中に投じ、血で汚れた回廊《かいろう》を海水で洗うなどしたらしい、と恵瓊は話した。

だが、友松は恵瓊の言葉を聞き流した。いずれにしても、元就が戦で勝つためなら神仏を顧《かえり》みない武将であることは明らかだった。

(そのような武将に仕えたいとは思わぬ)

恵瓊と同行するまで、わずかに持っていた、毛利家に仕えるという夢はいつの間にか消えていた。

三

八年がたった。

永禄《えいろく》六年(一五六三)秋——

友松はこの日も塔頭でひとり絵を描いていた。だが、思うように絵筆が動かず、やがて大きなため息をついて、絵筆を置いた。すると、

「絵もなかなか難しいものですね」

という恵瓊の声がした。

「どうであった、毛利隆元《たかもと》様の葬儀は」

友松は振り向かずに言った。

厳島の戦いで父、元就とともに陶晴賢を討った嫡男《ちやくなん》の隆元は、毛利家の当主として、必死に父の後を追った。

豪勇で知られる次弟の吉川元春《きつかわもとはる》、知略を謳《うた》われる末弟の小早川隆景《こばやかわたかかげ》と違い、凡庸《ぼんよう》だとされる隆元は生真面目《きまじめ》な性格で懸命《けんめい》に当主として務めたが、元就は政治の実権は握って放さなかった。

厳島合戦の後、勢力を拡大した毛利氏は九州の大友《おおとも》氏との対立を深め、しばしば出兵していたが、永禄三年に出雲《いずも》の尼子晴久《あまごはるひさ》が急死すると、尼子氏を亡ぼす好機と見て大友義鎮《よししげ》（宗麟《そうりん》）と和睦し、矛先《ほこさき》を尼子氏に向けた。

ところが今年の九月一日、尼子攻めに向かった隆元は途中、備後《びんご》の和智誠春《わちまさはる》からの饗応《きようおう》を受けた直後に急死した。毒殺だったのではないか。

隆元は恵心に帰依しており、度々《たびたび》、嫡男であることの苦しみを手紙で訴えていた。恵瓊は隆元が恵心に出した手紙を元就に届けに行ったのだ。

恵心への手紙の中で、隆元は現世については、果報は一つもないと見ておりますので、何を恨む事がありましょうか。これも前《さき》の世の報《むく》いと弁《わきま》えております、などと鬱屈《うっくつ》した思いを述べている。さらに、わたくしは無才無器量だと嘆《なげ》き、父、元就の代で毛利家も終わりなのではないだろうか、と気弱なことまで述べて、とても中国を制しようとしている毛利の長男だとは思えない内容だった。

恵瓊は友松の背後に静かに座って、

「元就公はじめ、皆様、ひとかたならぬお嘆きでございました」

と囁くように言った。

「いかにもそうだろうな」

「特にわたしが師からお預かりした隆元様のお手紙をお見せすると、元就公には涙を流されました」

「そうか、やはりひとの親であったか」

厳島の戦いでの神仏さえ恐れない元就の戦いぶりに興ざめな思いがしたが、隆元の話を聞くと、誰しもが苦しみを抱えているものだ、とあらためて思った。

海北家の長兄である善右衛門も友松に還俗を許さないという枷《かせ》を自らはめて、戦国の世を生き抜こうとしているのかもしれない。

（だとすると、兄上も嫡男である苦しみを抱えているということになるのか）
そんなことを友松が考えていると、恵瓊は話柄《わへい》を変えた。
「時に、安芸から戻る途中で耳にしましたが、京ではいま、土佐の荒武者《あらむしゃ》が幕臣の娘を嫁取りに来ていると評判なのだそうですな」
「土佐の荒武者の嫁取り？」
聞いたことがないな、と友松は振り向いた。恵瓊は、毛利隆元の葬儀の話とはうってかわって、にこやかな表情で話し始めた。
土佐の荒武者の名は、
――長宗我部元親《ちょうそかべもとちか》
という。
天文八年（一五三九）、土佐の岡豊城《おこうじょう》に生まれた。今年、二十五歳である。
元親が生まれたころの土佐は群雄が割拠《かっきょ》しており、中でも、
長宗我部
安芸
香宗我部《こうそかべ》
本山《もとやま》

吉良《きら》
大平《おおひら》
津野《つの》

という「土佐七雄」と呼ばれる有力な豪族が競《きそ》い、この上に公家大名の一条《いちじよう》家が君臨《くんりん》するという構図だった。この中で、元親は、

――土佐の出来人《できびと》

と呼ばれ、永禄三年に初陣《ういじん》を果たすと三年間で近隣の豪族を討ち倒し、土佐中部を制して国主の座を狙う勢いだという。

「初陣からわずかに三年でほかの豪族に抜きん出て、しかも幕臣の娘を妻に迎えようとするとは、よほど、したたかな男だな」

友松は何となく土佐の山々を駆ける狼《おおかみ》のような風貌の武将を思い浮かべた。

「ところがそうでもないのです」

恵瓊は面白そうに話し始めた。

元親は背が高く、色白で痩《や》せており、少年のころはまるで女子《おなご》のようだというので、まわりの口さがない者たちは、

――姫和子《ひめわこ》

と仇名《あだな》したという。ひとと口をきくことも恥ずかしがるほどに、内気で父の国親《くにちか》も、「うつけ者め」と嘆くほどだった。

このため、二十二歳になって、ようやく初陣を果たしたのだという。初陣を前にした元親は老臣にふたつのことを訊ねた。

「大将は兵の先を走るのか、それとも後から行くのか」

「槍はどのように使えばよいのか」

訊かれた老臣は呆然としたが、

「大将は先に駆けず臆《おく》さずにいるもの。槍は敵の目と鼻を突くべし」

と答えた。それで大丈夫なのだろうかと老臣は案じたが、戦が始まると元親は五十騎を率《ひき》いて敵に馳《は》せ向かった。

馬上で槍を振るい、たちまちふたりの敵兵を屠《ほふ》ると、敵が大軍であることに怯む味方に向かって、

「退《ひ》いてはならぬ」

と叱咤《しった》して突撃し、敵兵を追い散らした。その様《さま》を見て家臣たちは、

「生まれながらの御大将におわす」

と感服したという。

「なるほど、やはり、したたかではないか。槍や馬は日ごろから鍛錬しておかねば実戦の役には立つまい。おのれの力をここぞというところで見せつけるために秘めていたのだろう」

ひややかに友松が言うと、恵瓊は笑った。

「さあ、どうでしょうか。力はあったのかもしれませんが、それをひとに見せたくないと思っていただけかもしれません」

「どういうことだ」

友松は首をかしげた。

「戦に出たくないというのが本音《ほんね》だったのではないでしょうか。しかし、戦国の世ですから武家の嫡男たる者、いつかは戦に出ねばなりません。やむなく、その覚悟をしたということでしょう」

「そんなものか」

友松はため息をついた。

「毛利隆元様もそうだったと思います。できれば戦などせずに平穏《へいおん》に暮らしたいと思われたのではありますまいか」

考えながら恵瓊は言った。

恵瓊の言うとおりだとすれば、仏門に入りながら、いつまでも還俗して修羅《しゅら》の巷《ちまた》に出ようと望む自分は愚《おろ》か者だということになるかもしれない。

そう考えて友松は苦《にが》い顔をした。

恵瓊はそんな友松の胸の内には構わず、

「ところで、その長宗我部元親様の嫁取りは明日あるのだそうです。物見高い京《きょう》雀《すずめ》は見物に出るようですから、わたしたちも参りませんか」

と言った。恵瓊はさらに、

「土佐へ嫁す娘は幕臣の石谷《いしがい》兵部《ひょうぶ》様の娘で大層、美しいとのことですよ」

と唆《そそのか》すように言った。

「ひとの妻となる女人《にょにん》が美女であろうとなかろうと、仏門にいるわれらには関《かか》わりあるまい」

苦笑して友松が言うと、恵瓊は首をかしげた。

「ほう、友松殿は女子は好きではないのですか」

「幼いころから仏門にいる身だ。生涯、不犯《ふぼん》だと思い定めてきた」

「では、そのお年になられてもいまだに」

恵瓊はおかしそうに、くくっと笑った。

見つめる。

むっとして友松は武骨《ぶこつ》な答えをした。そんな友松を恵瓊はいかにもいとおしげに

「当たり前だ」

翌日、昼下がりに友松は恵瓊とともに三条《さんじょう》大橋に出かけた。

長宗我部元親の嫁取り行列はこの橋を通るのだという。どこで聞きつけたのか、

武家や町人たちが黒山の人だかりとなっていた。

恵瓊は巧みに人ごみをかきわけて友松とともに前に出た。ちょうど三条大橋のたもとである。待つほどのこともなくひとびとのざわめきが伝わってきた。

徒歩《かち》の武士が先導し、その後ろから白馬に乗った若者とさらに輿《こし》が続いてくる。

しかし、ざわめきはやがて失笑に変わった。

先導してくる徒歩の武士たちの身なりがひどくみすぼらしいのだ。恐ろしく長い刀を閂《かんぬき》ざしにしているが、衣服は京の者なら誰も着ないほどの襤褸《ぼろ》である。しかも皆、日に焼けてがっしりとした体格ではあるものの、背が低く顔立ちも見栄《みば》えがしない。

白馬に乗っている長宗我部元親らしい若者は色白で京の武士と比べても見劣《みおと》りが

しないが、見物人たちの笑い声が聞こえるのか鬱陶《うっとう》しそうに眉根《まゆね》を曇《くも》らせている。ましてや輿の中の女人はどんな気持でいるだろうか、と友松は同情した。

輿が目の前に来たとき、左右の人ごみの中からいきなり二本の棒が突き出されて輿をかつぐ小者《こもの》たちの足を払った。

前のふたりの小者が悲鳴をあげて膝《ひざ》をつき、輿が大きく傾いた。輿を転がして美人と評判の女人を拝もうという悪さを企《たくら》んだ者がいるのだ。

友松はとっさに飛び出して輿を支えた。輿は危うく転がらずにすんだ。しかし、まわりの人ごみの中から、

「よけいなことをするな」

「せっかくの見世物《みせもの》が台無しだ」

と罵《ののし》る声が起きるとともに、礫《つぶて》が飛んできた。

友松の額や肩、腹に次々に当たる。

京では昔から、

――印地打《いんじう》ち
と称して、礫が争いの武器として使われる。それだけに投石に手慣れた者が多く、礫の威力も大きい。

友松の顔はすぐに血に染まり、体中に激痛が走った。それでも輿を支えて足を踏ん張った。人ごみの中から、

「邪魔《じゃま》な坊主《ぼうず》だ」

「殺せ、殺せ」

という殺伐《さつばつ》とした声が飛んだ。さらに礫が友松を襲《おそ》ってきたとき、

「やめい――」

と怒鳴《どな》りながら立ちはだかった武士がいた。武士は刀を抜き放ち、友松に向けて投じられた礫を叩き落としながら、

「これは幕臣、石谷兵部の行列である。それに石を投じる者は幕府への謀反人に相違ないゆえ、斬《き》って捨てるぞ」

と凛々《りんりん》と響き渡る声で叫《さけ》んだ。

さすがに謀反人と呼ばれて恐れをなしたのか、投石がぴたりと止《や》んだ。

武士は、すぐに他の小者たちを呼んで友松に代わらせた。そして刀を納めると友松に向かって、

「まことにかたじけのうござった」

と頭を下げた。眉が太く目が鋭い精悍な顔だが、どことなく明るい表情をしてい

る。

友松が頭を下げて立ち去ろうとすると、

「お待ちくだされ。まだ妹より、お礼を申し上げておりません」

と武士は言った。

「いや、結構でございます」

友松は遠慮したが、武士は輿を下ろさせた。戸を開けて小者が履物《はきもの》を置くと、打《うち》掛《かけ》姿の女人が降り立った。

髪はあくまで黒く、肌《はだ》は透き通るように白い。目鼻立ちは細やかな絵筆で描いたように繊細《せんさい》にととのった女人だった。

女人の顔を見たまわりの見物人たちが一様に息を呑むのがわかった。

女人はしとやかに礼を言った。

「危ういところをお助けくだされ、ありがたく存じます」

武士は笑顔を友松に向けた。

「それがしの妹、桔梗《ききよう》でござる。言い遅れましたが、それがしは石谷家の縁戚にて斎藤内蔵助と申す」

拙僧《せつそう》は友松と申します、友松はかすれ声で答えた。それが友松にとって生涯の友となる斎藤内蔵助との初めての出会いだった。

四

東福寺に帰ってからも友松は胸が騒ぐのを感じた。

なぜ心が波立つのか。

友松は塔頭《たっちゅう》で座禅を組んで考えた。いや、考えることを離れ、無念無想、無我の心境に入ろうとした。だが、それを邪魔するものがある。

最初に浮かんだのは、

——長宗我部元親
という土佐の豪族の怜悧な顔だった。

（田舎者《いなかもの》め——）

と馬鹿にする心持《こころもち》が最初にあった。だが、元親は若年《じゃくねん》ながら近隣を切り従えつつあるという。

豪族同士が土地の切《き》れ端《はし》を奪い合っているに過ぎぬとは思ったが、京まで幕臣の娘を娶《めと》りに来るという気宇《きう》の大きさには感嘆《かんたん》せざるを得ない。

正直に言えば、あるいは英傑《えいけつ》なのかもしれない、という畏怖《いふ》めいたものも感じていた。しかし、好きになれるかと言えばそうでもなかった。

(血の冷えた男だ)

何となくそんな気がするのだ。たしかに戦上手《いくさじょうず》で外交にも長《た》けているに違いないが、ひとを見る目に温かさがなかった。

家臣が死んでいくのを平然と眺めることができる目ではないか、と友松は思った。実際、桔梗の行列に悪戯《いたずら》を仕掛ける者たちが出てきても、元親は自ら追い払おうという素振《そぶ》りすら見せなかった。

乱暴者たちに怖気《おじけ》づいたわけではあるまい。

京の者たちが、何を考え、どのようなことをするのか、見定めようとしていたのではないか。

どんなときでも、武略を忘れぬ恐ろしい男だ、とも思った。しかし、そんな男になりたいとは、友松は毛ほども思わない。

武士が戦に強く、他人の領土を奪うことに長じているだけならば、ただの切り取り強盗ではないか。

武士は美しくなければならない。

友松はいつしか、そんな考えを抱《いだ》くようになっていた。武門として生きることは、おのれの美しさを磨《みが》くことではないか。

無論のこと、容貌の美醜ではない。生き方がいかに優《すぐ》れているかだ。勇敢で潔く、義のためにおのれの命を投げ出すことができるような漢だ。

そんな漢《おとこ》になりたい、と友松は半《なか》ば夢想するように思っていた。そして、今日、そんな漢に出会った。

――斎藤内蔵助

である。内蔵助は桔梗の輿を友松が担《にな》って助けたことをひどくありがたがって、何度も礼を言った。その態度には傲慢《ごうまん》の陰りや下品さがなく、颯々《さっさつ》と風が吹き抜けるような爽《さわ》やかさがあった。

内蔵助が武勇に優れていることは向かいあっているだけで、すぐにわかった。しかし、それは友松だけが感じ取ったのではないだろう。

内蔵助にしても、友松に何かを感じたのではないだろうか。だからこそ、内蔵助は、

「御坊《ごぼう》、明日、石谷屋敷にお出《い》で願えまいか。ある客人のための宴《うたげ》を催《もよお》すことになっておる。御坊をぜひ、その方にお引き合わせいたしたい」

あまりに熱心に言うので、友松は思わず訊いた。

「客とはどのような方でございますか」

友松に訊かれて、内蔵助はしばらく黙ったが、やがて、

「いずれ、武門の統領《とうりょう》になられるべきお方でござる」

と恐るべきことを言った。

武門の統領と言えば、すなわち征夷大将軍《せいいたいしょうぐん》のことだろう。いまの足利将軍は有力な大名との確執《かくしつ》や小競《こぜ》り合《あ》いで常に京を逃げ出しては舞い戻ってくる。

とても武門の統領などとは呼べないが、内蔵助は言わば、そのような足利将軍にとって代わって天下人となるやも知れない人物を友松に引き合わせたいと言ったのだ。

そのことが胸を騒がせているのかと顧みたが、そうではない。有体《ありてい》に言えば、桔梗の面影《おもかげ》が忘れられないでいるのだ。

輿を覆《くつがえ》そうとする乱暴者たちの騒ぎがあっただけに、桔梗は日を変えて土佐に赴くことになるだろう、と内蔵助は言った。

だとすると石谷屋敷を訪ねれば、また桔梗に会えるのではないか。その思いが胸

を熱くさせているのだ。そう気が付いた友松は立ち上がって塔頭を出ると東福寺の山門に向かった。

外に出て頭を冷やそうと思っていた。若いころ仏門に入って修行してきたため、いまだ女人を知らない。煩悩《ぼんのう》の源である、と思っていたが、このじっとしていられない、駆《か》り立てられるような心持は何なのか。

(桃源郷《とうげんきょう》に誘《いざな》われているような――)

気が付けばふらふらと、見たこともない国に彷徨《さまよ》いこんでしまうのではないか。恐ろしや。

友松が山門をくぐろうとしたとき、袖無《そでな》し羽織《ばおり》に袴《はかま》をつけた三十過ぎと思《おぼ》しき武士から声をかけられた。額が広く口元が引き締まった端整《たんせい》な顔立ちの武士で下僕《げぼく》をひとり連れている。

武士は丁寧な口調で、

「卒爾《そつじ》ながら、お尋《たず》ねいたす。竺雲恵心様の塔頭はいずこでござろうか」

と言った。

友松は無遠慮《ぶえんりょ》に武士を見つめた。武士の目は智慧《ちえ》の光を宿《やど》して黒々と輝き、人品《じんぴん》骨柄《こつがら》にいささかも卑《いや》しさがない。それでいて、京に暮らす幕臣のようなひ弱で欲深そうなあざとさも感じさせない。

（田舎から出てきた武士のようだが、長宗我部元親とはだいぶ違うな）

友松は武士を値踏《ねぶ》みしたうえで、

「退耕庵ならこちらじゃ」

と先に立って案内した。武士は友松のぶっきら棒な言い方に少し驚いたようだが、微笑を浮かべて続いた。

友松は先に立って歩きながら、後ろの武士の様子をそれとなく探った。物腰に落ち着きがあるのは武芸だけでなく学問の素養《そよう》もあるからではないだろうか。

さらには友松のぞんざいな応対にも苛立ちを見せないのは、人柄が練《ね》れているからだろう。友松は、何となく、この武士は、

――国主の器《うつわ》があるのではないか、と思った。

質素な身なりで供《とも》もひとりだけである武士の様子を見れば、大仰《おおぎょう》かもしれないが、友松には武士が一国を治めるようになっても、いまとさして変わらぬ風姿ではないかと思えるのだ。

退耕庵について訪《おとな》いを告げると、すぐに恵瓊が出てきた。恵瓊は、目敏《めざと》く友松の

後ろにいる武士に気がついた。式台に跪《ひざまず》いて、頭を下げた恵瓊は、

「おいでなされませ。お見えになられたことをただいま、師にお伝えいたして参ります」

と言うなり、そそくさと奥へ入った。待たせることなく、すぐに戻ってきた恵瓊はもったいぶった丁重《ていちょう》さで奥へと案内した。

この武士は何者なのだ、と友松は訊きたかったが、恵瓊はちらりと振り向いたものの、訊き出す隙《すき》を与えず、笑みだけを残して入っていった。

友松はむっとして玄関に立ち続けた。武士を奥へ案内した恵瓊は一度、玄関に戻るはずだ、と睨んでいた。

はたして、しばらくして恵瓊は戻ってきた。すでに友松は立ち去ったはずだと思っていたのだろう、玄関で仁王《におう》立ちした友松を見て恵瓊は目を丸くした。

「いまの武士はどなただ」

友松は凄《すご》みを利《き》かせた声で問うた。

恵瓊は困ったような顔をして、

「申し訳ございません。師の御坊のお客についてはお教えできないのです」

と答えた。

「なにもどのような用件で来たか教えろと申しているわけではない。氏素性《うじすじよう》について知りたいのだ」

友松が言うと、恵瓊は目をきらりと光らせた。

「なぜ、さように知りたがるのです。いつもの友松殿とは違います」

「あの武士の人相《にんそう》を見て感じるところがあったからだ」

恵瓊は何事か考えながら友松をうかがい見た。

「ならば、友松殿の目にあの方がどのように見えたかお話しください。そのうえで、あの方についてお話しできることは申し上げます」

うむ、と友松はうなずいた。

「わしの目から見て、あの御仁《ごじん》には一国の主《あるじ》たる器量があると見えた。ゆくゆくは天下に志《こころざし》を述べられる方ではないかと思った」

さようでございますか、と頭を縦《たて》に振った恵瓊は、声をひそめて、

「あの方は幕臣なのです。将軍様の命《めい》によって日ごろから諸国の大名の動きを調べておられます。師の御坊のもとに参られるのは、中国の毛利様の動きを知るためではないかと思います」

それだけ話すと恵瓊はぴたりと口を閉《と》ざした。

「なんだ、それだけか。名は何といわれるのだ」

友松はなおも迫ったが、恵瓊は口を閉ざしたまま何も言わない。能面のような顔になって押し黙っている。

友松はしばらく恵瓊を睨みつけていたが、これ以上は無駄だとわかると、

「邪魔をしたな」

と言い捨てて玄関を出ていった。

すでに他出する気もなくした友松は、やむなく塔頭に戻ると奥の部屋に籠《こ》もった。何となく絵を描きたくなって紙を広げ、絵筆に墨を含ませた。

しばし白紙を見つめていた友松は、息を詰めると一気呵成《いっきかせい》に筆を運んだ。墨が迸《ほとばし》る勢いで描き上げたのは池中に潜《ひそ》み、牙《きば》をむき、のたうちまわる龍だった。

友松は筆を置いて、龍の絵を見つめた。いましがた会った武士の姿が龍に込められている、という気がした。

（あのひとは蛟龍《こうりゅう》だ――）

蛟龍はみずちとも言う。水辺《みずべ》に住み、雲雨《うんう》に会えば、天に昇って龍となると伝えられる。時運を得ない英雄豪傑《ごうけつ》のたとえでもある。

友松はため息をついた。

あの武士が蛟龍だとすれば、自分はいったい、何なのかと思う。

友松は床《ゆか》に横になり、腕を枕《まくら》にして天井を見上げた。

薄暗い天井に武士の顔が浮かんだ。

長宗我部元親は英雄かどうかはともかくとして土佐の山野《さんや》を駆け回る狼であることに間違いはあるまい。それに比べて自分は寺の片隅で武芸の稽古《けいこ》にこそ励んではいるが、一度も戦場に出たことはなく、命がけの戦をしたこともない。

(生《なま》ぬるく、絵などを描いておるだけだ)

友松はうんざりした。

同時に、明日は斎藤内蔵助を訪《たず》ねてみようと思った。まだ、一度会っただけだが、内蔵助という漢は信じられるという気がしていた。

内蔵助を訪ねれば、道が開けるかもしれない。そんなことを考えているうちに友松は眠りに落ちた。

雷《かみなり》のようないびきをかいて友松が寝ていると、塔頭の中に風が吹き込んで奥の部屋まで達した。

龍が描かれた紙がふわりと風に舞い上がった。

五

翌日の昼下がり——

友松は訪ね歩いて三条の石谷屋敷にたどりついた。

すでに客が来ているらしく、屋敷の奥からはひとの話し声や謡《うたい》の声が聞こえてきた。玄関で訪いを告げると、すぐに内蔵助が出てきた。

内蔵助は満面の笑みを浮かべて、

「よう参られた。ちょうどよかった。お引き合わせいたしたい方も、先ほどお見えになったばかりでござる」

と言った。

この漢はなぜ、自分に親切にしてくれるのだろう、と友松はあらためて内蔵助を繁々《しげしげ》と見つめた。

内蔵助は顔に手をやって照れ臭そうに笑った。

「それがしの顔になんぞついておりますかな」

「いや、ご親切、かたじけないと思ったまででござる。かようにお招きに与《あずか》り、申し訳なきしだいと思っております」

「何を言われますか。妹の輿を支えてくださった義俠《ぎきょう》は、まれに見るものと感服《かんぷく》つかまつった。お引き合わせいたしたいと申した方にも友松殿のことをお話しいたしたら、ぜひともお目にかかりたいとのことでござる」

内蔵助は笑いながら友松を奥座敷へと案内した。そこには七、八人の武家や公家、僧侶がいて酒宴が開かれている。真ん中で大盃《たいはい》を傾《かたむ》けているのは狩衣《かりぎぬ》姿の長宗我部元親、その傍《かたわ》らに唐織《からおり》の打掛を着た桔梗が座っている。

桔梗の姿に一瞬、見惚《みと》れた友松を、内蔵助は片隅にひかえて静かに盃《さかずき》を口に運んでいた武士のもとに連れていった。

武士の前に座った友松はあっと思った。

（蛟龍殿ではないか――）

友松は思わず、胸中で武士につけている仇名を呼んだ。

武士は友松を見て、にこりとした。

「昨日はお手間をおかけした」

武士が頭を下げるのを見て、内蔵助は驚いた。

「明智様は友松殿をご存じでしたか」

「東福寺にて、お訪ねする塔頭まで案内していただきました」

明智と呼ばれた武士は静かに答え、続いて、十兵衛《じゅうべえ》と申すと名のった。諱《いみな》は光秀というらしい。すなわち、

――明智光秀
である。光秀はにこりとして、友松に盃を持たせ、

「まずは一献《いっこん》――」

と瓶子《へいじ》をとって酒を注《つ》いだ。

友松はぐいとひと息に飲んでから、

「拙僧は昨日、明智様にお会いしてから失礼ながら仇名をつけました」

と無遠慮に言い出した。

内蔵助が目を輝かせて、

「ほう、それは面白い。して、どのような仇名でしょうか」

と言った。

光秀は黙って微笑んでいる。友松は腹に力を込めて口を開いた。

「されば、みずち、すなわち蛟龍でござる。明智様は風雲に乗じて天へ駆け上がる方だと存じました」

「さて、それは褒《ほ》め過ぎですな」

光秀は穏《おだ》やかな口調で言った。

そして自分は美濃《みの》の守護《しゅご》であった土岐《とき》氏の一族だったが、土岐氏にかわって美濃の国主となった斎藤道三《さいとうどうさん》に仕えた。しかし、弘治《こうじ》二年（一五五六）、道三は嫡男の義龍《よしたつ》と争い「長良川《ながらがわ》の戦い」で敗死した。

光秀は道三方であったために、義龍に明智城を落とされて一族は離散した。その後、京に上り、幕府に仕えていまは足軽大将《あしがるたいしょう》を務めているが、もとより足軽を率いるだけの軽い身分です、天下に志を述べるなど、とてもかないますまい、と笑った。

土岐氏は、室町《むろまち》幕府では三管領《さんかんれい》、四識《ししき》に次いで諸家筆頭《しょかひっとう》となる家格だった。土岐氏の支族も幕府奉公衆《ほうこうしゅう》となっている。光秀はその縁で幕府に仕えたのだろうが、足軽大将は武士としては軽い身分だった。

友松は光秀を見据えた。

「されど、昨日、竺雲恵心様をお訪ねになられたのは、中国の毛利氏の動きを探るためではございませぬか。さらに、本日、この宴にお出でになったのは、土佐の長宗我部元親殿の人物を見定めるためでございましょう。ただいまの身分は幕府の足軽大将であったとしても、志はすでに天下に向かわれておるのではありませんか」

「弱りましたな」

光秀は苦笑して内蔵助を見つめた。内蔵助は少し考えてから、友松に顔を向けた。

「友松殿のお考えは中《あた》らずといえども遠からずでござろうか」

友松は目を光らせた。

「ほう、拙僧の推量は間違っておりますか」

内蔵助は頭を横に振った。

「いや、間違ってはおりませぬ。ただ、違うのは、明智様が自らの志を天下に述べるために諸国の大名の消息を探っておられるのではなく、将軍家の命によるものだということでござる」

「将軍家の――」

友松は目を瞠った。

室町幕府の十三代将軍、足利義輝は将軍職に就《つ》いて以来、細川晴元や三好長慶と対立、京を追われて近江を転々として、京へ戻るのが悲願だった。

ようやく、永禄元年（一五五八）十一月に三好長慶と和して京に帰還、近衛《このえ》稙家《たねいえ》の娘を娶るなどして落ち着いた。将軍の権威を恢復《かいふく》し、地位をさらに安定させようと考えた義輝は、諸国の大名を味方につけるべく外交に力を注《そそ》いだ。

永禄二年には、織田信長や長尾《ながお》景虎《かげとら》（上杉謙信《うえすぎけんしん》）の謁見《えっけん》を許した。一方で豊後《ぶんご》の大友義鎮《よししげ》（宗麟）を筑前《ちくぜん》と豊前《ぶぜん》の守護に任じ、毛利隆元を安芸守護、さらに父の毛利元就とともに相伴衆《しょうばんしゅう》に任じた。このほか、諸国での戦乱に介入し、長尾景虎と武田晴信《たけだはるのぶ》（信玄《しんげん》）の講和、永禄三年には九州の伊東義祐《いとうよしすけ》と島津貴久《しまづたかひさ》、大友義鎮の三和を推進した。

さらに今年に入って毛利元就と大友義鎮の講和や上杉輝虎《てるとら》（謙信）と北条氏《ほうじょううじ》政《まさ》、武田晴信の三和を行うなどの手腕を発揮していた。

「つまるところ、上様のそのようなお働きを助け、諸国大名の動静を探るのが明智様のお役目です。見方を変えれば、明智様の目にかなった大名がいずれ京に上り、天下に号令することになるやもしれません」

内蔵助が話し終えると、後ろから男の声がした。

「それは、面白い。明智殿とやらの目にそれがしはどう映《うつ》ったのか、お聞かせ願おうか」

長宗我部元親が大盃を手に立っていた。元親は酔《よ》っているらしく熟柿《じゅくし》臭い息を吐《は》きながら、友松のそばにどっかと座った。

元親は大盃の酒をぐびりと飲んでから、光秀に目を向けた。

「さて、お聞かせいただこうか。将軍家をお助けするのは、中国の毛利か越後《えちご》の長尾か甲斐《かい》の武田か越前《えちぜん》の朝倉《あさくら》、それとも九州の大友か」

元親は畳《たた》みかけるように言った後、さらに言葉を継いだ。

「いや、いまや京で将軍家をしのぐ力を持つ三好長慶は山城《やましろ》、摂津《せっつ》を本拠地として畿内から四国、瀬戸内海沿いまで九カ国に勢力を広げているが、もともとは四国の阿波《あわ》細川家の家臣であった。さすれば、同じ四国のそれがしが取って代わるのが筋《すじ》なのかもしれませぬな」

酔いで顔を青ざめさせながら元親は光秀を見据えた。光秀は盃を膳《ぜん》に置き、背筋を伸ばして元親を見返した。

「なるほど、お考えはごもっともなれども、さように小さい夢しか持てぬおひとは、到底、上様をお助けするなど、かないますまい」

「小さい夢だと」

元親はこめかみに青筋を立てて光秀を睨んだ。光秀は平然として、話を続ける。

「三好長慶に取って代わっても、精々《せいぜい》、畿内を治めるだけのこと。それでは永年続いた諸国の戦乱は収まりますまい。上様の志は将軍として天下の泰平を開くことでござる。畿内のことだけを語る長宗我部殿では器が小さすぎると存ずる」

きっぱりと光秀が言ってのけると、元親はよう言うたな、と脇差《わきざし》の柄《つか》に手をかけた。その瞬間、友松の手が伸びて、元親が脇差を握った手を押さえた。

剛力《ごうりき》の友松に抑えられて、元親は脇差を抜くことができずにうめいた。その様を見ながら、内蔵助は、

「長宗我部殿、ここはわれらの屋敷じゃ。刃傷《にんじょう》沙汰《ざた》をされるというのなら、それがしがお相手いたすぞ」

と低い声で言った。

元親は不意に立ち上がって、友松の手を振り払い、

「酔ったゆえ、しばし別室にて休ませていただこう。その間に天下の夢でも見て、おのれの器を今少し、大きくするといたそう」

と言って笑った。

元親が千鳥足《ちどりあし》で座敷を出ていくと、内蔵助は友松に頭を下げた。

「すまぬ。友松殿にまたもお手数をかけましたな」

「なんの、あの男、本気ではなかった。策略の多い男のようだから、腹を立てて刀

を振り回すような真似《まね》はしないでしょう」

　友松があっさり言うと、光秀は盃をふたたび手にして何事もなかったかのように口を開いた。

「それにしても、あの男の見立てはさほど、間違ってはおりませんな。まずは京に近いということで越前の朝倉を先鋒《せんぽう》に、武勇に優れ、しかも義俠の心を持つという越後の上杉輝虎を招くのが最もよかろうとは思いますが」

　光秀は思案しながら言った。すると内蔵助が光秀の盃に酒を満たしながら、

「尾張《おわり》の織田信長はいかがでございますか」

と言った。

　光秀はちらりと内蔵助を見て、ゆっくりと頭を横に振った。

　信長は三年前の永禄三年に「桶狭間《おけはざま》の戦い」で今川義元《いまがわよしもと》を討って、一躍《いちやく》、勇名を馳せた。その後、同族間の戦いに勝ち抜いて尾張一国を固め、さらに美濃に手を伸ばそうとしていた。

　美濃の出である光秀にとって最も気になる武将のはずだった。友松は身を乗り出して訊いた。

「織田殿はなかなか優れた武将だと聞いております。なぜ、いかんのですか」

光秀は一口、酒を飲んでから答えた。

「あの男は虎狼《ころう》の心を持っている。虎狼を京に入れれば、この世の仕組みを壊《こわ》し、ひとびとを食うだけのことでしょう。そのような男を京に入れるわけには参りませんか」

光秀は眉をひそめた。

「されど、いまの京には三好長慶のような虎狼がいるではありませんか」

友松はなおも問いを重ねた。

「三好など、信長に比べれば何ほどのこともありません」

光秀は、この話はもう終わりだという語気を滲《にじ》ませた。光秀には信長を嫌う理由があるようだが、それを話すつもりがないこともわかった。

内蔵助が、友松に顔を向けて、

「元親殿が別室に行かれたゆえ、桔梗と話す者がおらん。友松殿、話し相手になってやってくれませぬか」

と言った。これ以上、光秀を問い質《ただ》すなということだろう、と思ったが、桔梗と話ができるのも嬉《うれ》しいだけに、友松は笑みを抑《おさ》えて、

「さようか」

と重々しくうなずいた。ひとり沈思黙考《ちんしもっこう》にふける光秀のそばを離れて、友松は内蔵助とともに桔梗の前に座った。

友松が座ると、桔梗は顔を輝かせて、

「よくお出でくださいました。あのおりはお助けいただきありがとうございました」

とあらためて礼を述べた。

友松はいざ桔梗の前に座ると、思ったように言葉が出ず、いやあ、なにほどのことでもございません、とかすれた声で言った。

内蔵助はそんな友松を面白そうに見ながら、桔梗は幕臣、石谷兵部大輔《ひょうぶのたいふ》光政《みつまさ》の娘だが、内蔵助とは母が同じなのだ、と話した。

「美濃は戦続きで一家は離れ離れとなりました。母は離縁して京に戻り、石谷殿に再嫁《さいか》した。そして桔梗が生まれたのです。わたしはその縁で、京に上ったおりにはこの屋敷におります」

内蔵助は淡々《たんたん》と話した。桔梗は少し沈んだ気配《けはい》を見せたが、それでも、

「戦国の世でございます。ひとは生きていくためには、思いがけない生き方もしなければなりません」

と気を奮《ふる》い立たせるように言った。

「なるほど、それで、遠国《おんごく》の土佐に嫁入りされますのか」

何気《なにげ》なく言った後で、友松はしまったと思った。土佐は古《いにしえ》から流罪《るざい》の地であり、鬼国《おにぐに》などとも呼ばれてきた。

親元を遠く離れた土佐へ嫁《とつ》ぐことを望む娘はいないだろう。それがわかっていて、思わず口にしてしまったのは、桔梗のけなげさに打たれたからでもあったが、花嫁として美しく化粧《けしょう》した桔梗を前にしてあがってしまったのかもしれない。

「さようなわけではございませんが」

はたして桔梗は悲しそうにうつむいた。困った、どうしたものか、と友松はうろたえて内蔵助に顔を向けた。

さすがに肉親ゆえか、内蔵助は桔梗をさほど気遣《きづか》う様子は見せず、

「いずれにしても、遠国の大名とのつながりを持つことは、幕臣の家として将軍様をお助けする道でもあろう」

とあっさり言った。

桔梗は顔を上げて笑みを浮かべた。

「元親様のお人柄はまだわかりませぬが、武将としてのご器量はおありの方と存じ

ます。わたくしを娶られ幕臣の家と縁《えにし》を結ばれたのは、いずれ将軍家にご奉公あそばすつもりがあるからだと存じます。わたくしはそのために土佐に嫁ぐのだと存じます」

自分に言い聞かせるかのように言う桔梗の言葉を聞いて、友松は胸が詰まった。

（乱世じゃな。若い娘もおのれの身を挺《てい》して、家のために尽くそうとする。ひとがおのれの思うままに生きることができる世は来ぬものなのか）

友松は部屋の隅で黙然《もくぜん》と酒を飲んでいる光秀を見た。光秀を英傑であると見た自分の目は、間違っていないように思う。

明智光秀が風雲に乗り、天に駆け上がる龍となるとき、天下泰平の世は開かれるのではないか。

そうであって欲しいと友松は思った。

六

友松は物思いにふけりながら石谷屋敷を辞して、東福寺に戻った。遠国に嫁す桔梗へのほのかな思いが友松を感慨《かんがい》深くさせていた。

塔頭に入った友松ははっとした。

広縁《ひろえん》に若い男がひとり座っていた。総髪《そうはつ》で筒袖《つつそで》の木綿《もめん》の着物に伊賀袴《いがばかま》をつけている。うつむいて広縁に広げた紙をじっと見ていた。

「何者だ」

ずかずかと広縁を歩いて友松は近寄った。

若い男は顔を上げようともしない。

「何とか申せ。ひとの留守中に上がり込んで何をいたしておるのだ」

厳しく言い放った友松は若い男が見ている紙を見て、あっと息を呑んだ。昨日描いた龍の絵である。

「おのれ、ひとの絵を勝手に見るとは何事だ。許さぬぞ」

友松が怒鳴ると、若い男はひょいと顔を上げた。細面《ほそおもて》だが、眉が上がり、顎が引き締まって鼻が高く精悍な顔立ちである。

「師匠《ししょう》が弟子の絵を見て何が悪い。それとも不出来《ふでき》やさかい、見てくれるな言うんか」

傲然《ごうぜん》とした言葉に友松は目が眩《くら》むほどの憤《いきどお》りを覚えた。

「不埒者《ふらちもの》、懲《こ》らしめてくれる」

友松は片膝《かたひざ》ついて若い男の胸倉《むなぐら》をつかんだ。にやりと笑った若い男は、

「わたしは狩野源四郎《かのうげんしろう》や。それでも殴《なぐ》る言うんか」

友松はぎょっとして振り上げた拳《こぶし》を下ろした。

狩野源四郎と言えば、幕府お抱え絵師狩野松栄《しょうえい》の長男で狩野派でも、

――麒麟児《きりんじ》
と評されている。

天文十二年（一五四三）の生まれだから、今年、二十一歳である。

元信は松栄よりも孫の源四郎に期待をかけ、溺愛《できあい》していると友松は聞いていた。

「なるほど、元信様のお孫なら、たしかにわたしにとって師匠筋だ。しかし、元信様は以前、わたしの絵を見て、ひどくお怒《いか》りになり、これはひとに仕える者の絵ではない、自らが主人となって天下を睥睨したいと望んでいる者の絵だ、と仰せになった。わたしは、すでに弟子ではないと思うぞ」

友松はひややかに言ってのけた。

源四郎は、ははと笑った。

「なるほど、祖父《じい》様の言いそうなことや。そやけど、そう言いながら祖父様はわたしにそなたの絵のことを話した」

「何と仰せになったのだ」

友松はうんざりした顔で訊いた。どうせ、素人《しろうと》の絵だとけなされたに決まっている、と思った。

「祖父様は、恐るべき絵じゃ、と言わはった」

源四郎は目を光らせて言った。

「なんと」

友松は思いがけない話に目を丸くした。源四郎はさらに言葉を継ぐ。

「祖父様が見たのも龍の絵だったそうな。いまにも飛び出してきそうな龍で、覇気恐るべしと祖父様は言わはった」

ううむ、と友松はうなった。元信は友松の技量をまったく認めなかったわけではないらしい。

源四郎はにやりと笑った。

「祖父様はよほどそなたの絵を買《こ》うておったらしい。そやけど、わたしは買わんな」

「ほう、それはいかなるわけでござる。わたしには天下の名絵師である狩野元信様をしのぐ絵師がおるとは思えませぬな」

「それは幕府お抱え絵師という名に目が眩んでるだけのことや。祖父様を超える絵師なんかたんとおる。さしずめ、その筆頭はわたしやな」

さも当然のことのように源四郎は嘯《うそぶ》いた。

友松は苦笑した。

「自信を持たれるのはよいが、源四郎殿はいまだ若年、天下の名人である狩野元信様をしのぐとはいささか言い過ぎではありませぬかな」

「ほう、そう思うか」

源四郎は笑うと、座敷に入って硯《すずり》と筆、そして紙を持って戻ってきた。広縁に紙を広げると、

「同じ龍を描いて優劣《ゆうれつ》を争うても面白うない。わたしはこれやな」

源四郎は筆をとるなり、何の迷うこともなく描き始めた。

興味深げに源四郎の描く絵を見つめていた友松の表情が、見る見る険《けわ》しくなっていった。

恐ろしいほどの速さで紙に描かれていくのは、唐獅子《からじし》だった。二頭の唐獅子があたりを睥睨しながら歩いている。足はしっかりと大地を踏みしめてゆるぎがない。

これに比べて自分が描いた龍は、自信のなさを勢いで誤魔化《ごまか》そうとしただけでは

ないか、と思えた。

一気に描き上げた源四郎は友松を見て微笑んだ。

「どうや、この絵より自分の方がうまいと思うか」

源四郎は嘲《あざけ》るように言った。

「いや、感服つかまつった。拙僧のおよばぬ技量をお持ちだ」

友松はあっさりと頭を下げた。

「それではあかんな」

ひややかに源四郎は言ってのけた。

「ほう、負けを潔く認めたのに、まだ足らぬと言われるか」

友松は皮肉な目を源四郎に向けた。この男はたしかに絵の天分に恵まれているが、ひととして何か大きく欠けたところがある、と思った。

源四郎は淡々と話す。

「技量いうことやったら、絵は描くほどにうもうなる。絵師の狩野家に生まれたわたしは、物心もつかへん、ちっちゃいころから絵筆を握り、ひたすら描いてきた。ひとより多少、うまいのは当たり前やし、修業すれば、誰でも技量は上がる」

「さようか。それでは懸命に稽古をすれば、わたしも源四郎殿を超えられるのか」

「技量だけならば」

源四郎は大きく頭を縦に振った。

友松は顔をしかめた。

「絵には技量以外に何があるというのだ」

「気や――」

源四郎は間髪《かんはつ》を容《い》れずに答えた。

「気ならば、わたしも武芸で鍛《きた》えておる。源四郎殿の気に負けるとは思わぬぞ」

友松は源四郎を睨み据えた。

「武芸の気いうたら戦う相手を殺すもんや。絵師の気は描こうとするもんを生かさなならん。つまり、そなたの龍は死んでて、わたしの唐獅子は生きてる。その違いや」

源四郎は笑うと、立ち上がった。

「生きた絵を描きたいと思うたら、わたしのもとで修業することや。その修業を経《へ》んと、絵師であるなどと名乗ることはわたしが許さん」

源四郎は笑みを浮かべたまま言った。

友松は何も言い返せず、唇をかんだ。源四郎の言うことが骨身《ほねみ》に染《し》みた。いままではただうまい絵を描こうと思ってきただけである。

そんな考えで描いた絵はひたすら、傲慢でしかなかった。描くものを生かすなどと考えたこともないのだ。

また来よう、とつぶやくように言って源四郎は帰っていった。

三年後の永禄九年（一五六六）、源四郎は二十四歳で、大徳寺聚光院《じゅこういん》客殿の襖絵に〈花鳥図〉と〈琴棋書画図《きんきしょがず》〉を描いて絵師としての名を高める。

祖父元信の技法を発展させ、力動感あふれる絵は、上洛した織田信長の目に留《と》まる。そして天正二年（一五七四）、信長は源四郎が描いた〈洛中洛外図《らくちゅうらくがいず》〉を上杉輝虎に贈って友好の証《あかし》とするのだ。

信長と出会った源四郎は、あたかも唐獅子のように天下を睥睨して闊歩《かっぽ》する。

源四郎は絵師として、

――永徳《えいとく》

の名を用いる。すなわち、狩野永徳である。

友松は源四郎が描き残していった唐獅子の絵を敗北感とともに見据えていたが、不意に手に取ると鼻をかんで放り投げた。

「ふん、絵師になど誰がなるものか」

友松はつぶやいた。

還俗して武士となり、武功によって世に出ようと思った。

何より、源四郎がいるからには、絵師の世界で天下を取ることは到底、無理だ、と思ったのである。

唐獅子を描いた紙で鼻水をかんだ友松の鼻は、墨でまっ黒になっていた。


二年後——

永禄八年、将軍足利義輝は、前年に死去した三好長慶に代わって実権を握った三好家の家臣、三好長逸《ながやす》と三好政康《まさやす》、石成友通《いわなりともみち》（主税助《ちからのすけ》）のいわゆる、——三好三人衆
と同じく三好家の家臣として頭角を現した松永久秀《まつながひさひで》によって殺された。だが、三好三人衆は長慶のような勢力を持つにはいたらず、松永久秀とも離反した。

このため、畿内の情勢は混沌《こんとん》とした。

友松は斎藤内蔵助から天下の情勢を聞こうと思って、石谷家を訪ねた。しかし、内蔵助は美濃へ戻ったということだった。

「美濃へ戻られたか」

友松が残念そうに言うと、顔なじみの石谷家の家臣は、

「将軍様が命を奪われるご時勢でございます。京にいても志を伸ばすことはできないから、と明智光秀様に美濃へ戻ることを勧《すす》められたそうでございます」

「なんと明智様から」

友松が蛟龍だと思った光秀ほどの男から、今後、どうすればよいかを教えられた内蔵助が羨《うらや》ましいと思った。

「わたしも明智様にいかにすればいいかを訊くとするか」

友松が何気なくつぶやくと、石谷家の家臣は声をひそめた。

「それが、明智様も京を出られて越前の朝倉家に身を寄せられたそうでございます。いまの京は三好三人衆と松永久秀のような悪人どもが力を持っておりますゆえ、まともな者はとてもおられぬのでしょう」

石谷家の家臣は、なおも京でなすところもなく過ごしている友松を憐《あわ》れむかのように言った。

友松はむしゃくしゃしながら、東福寺に戻ると退耕庵を訪ねた。

恵瓊が手甲《てっこう》、脚絆《きゃはん》をつけた旅姿で出てくると、

「友松殿、どうかなさいましたか」

とにこやかに言った。友松は恵瓊の様子をじろりと見て、

「なんだ。また、旅に出るのか」

と訊いた。

恵瓊はうなずく。

「毛利様はいまが大切でございますから」

毛利元就はこのころ山陰の尼子氏を圧迫《あっぱく》しており、中国筋での勢力をさらに広げようとしていた。恵瓊は考え深げに、

「山陰の尼子氏を亡ぼせば、次は伊予《いよ》を攻めて瀬戸内の水軍を握り、さらに九州へと兵を進めることになりましょう。さすれば毛利氏はなんと天下の西半分を手に入れることになります」

と言った。

「そううまくいくかな」

友松はふんと鼻を鳴らした。

「武力だけではうまくいかぬでしょう。戦わずして味方を増やし、敵の中からも味方を作り出す外交が必要となって参ります。そのためにわたしがいるのですから」

恵瓊は自信ありげに言った。その様は狩野源四郎にそっくりだった。

友松はうんざりして退耕庵を後にした。

塔頭に戻った友松の胸に浮かんだのは、なぜか、絵が見たいという思いだった。

誰の絵が見たいかと言えば、

――雪舟《せっしゅう》

である。

雪舟は応永《おうえい》二十七年（一四二〇）に備中《びっちゅう》国に生まれたが、上洛して相国寺《しょうこくじ》に入り、禅僧としての修行を積んだ。

同時に画技を学び、水墨画に才を表した。元《げん》の名僧の墨跡《ぼくせき》「雪舟」の二文字にちなんで、号として用いた。

やがて周防《すおう》国の守護大名大内教弘《おおうちのりひろ》の庇護《ひご》を受けて、山口《やまぐち》に下った。大内家に伝わる宋《そう》、元の水墨画を自分の目で見るためだったという。四十八歳のとき、遣明船《けんみんせん》に便乗《びんじょう》して明国《みんこく》に赴き、二年間、禅僧としての修行とともに画技を研鑽《けんさん》した。

帰国してから如拙《じょせつ》や周文《しゅうぶん》、馬遠《ばえん》、夏珪《かけい》、玉澗《ぎょくかん》ら宋、元画家の画風を取り入れた自らの画風を確立した。

禿筆《とくひつ》を使った思い切った描線《びょうせん》と、奥行《おくゆき》のある構図に雪舟の真骨頂《しんこっちょう》があった。

（どうせ、することがない身なら、あのような絵でも描くか）

友松は行儀悪くごろんと横になった。

それにしても、還俗したいと願い、忘れようと思いながら、絵のことが常に心の奥底にあるのはなぜなのだろう。

妙なことだ、と友松は思っていた。

そんなことを考えつつ、雪舟の絵を見るには恵瓊とともに中国筋を旅すればいいのだと思った。

もし、恵瓊が言うように毛利氏が天下の西半分に勢力を築《きず》くのであれば、毛利家に仕官するのが最もよいに決まっているのだから。

友松は何となく微笑を浮かべた。

このころ、明智光秀は越前の朝倉義景《よしかげ》のもとで世の動きをうかがっていた。

将軍足利義輝が殺されてしまっては、幕臣としてはできることは何もないが、かすかに望みを抱いているのは、幕臣の細川藤孝《ふじたか》が、義輝の舎弟《しやてい》で大和興福寺《やまとこうふくじ》に監禁《かんきん》されていた一乗院覚慶《いちじょういんかくけい》を救出して京を出たという噂があることだった。

（もし、覚慶様が朝倉家に来られれば――）

かつて義輝のために策した越後の長尾景虎と越前の朝倉義景を味方に引き入れ

て、京に戻り、覚慶を将軍職に就けようと考えていた。

光秀はそのおり、尾張の織田信長を味方に引き入れようとは思っていなかった。信長はこのころ、しきりに美濃を攻略しようとしていた。

信長の手から守るべく斎藤内蔵助を美濃に戻した。だが、いずれ美濃は信長のものになるだろう、と光秀は思った。

光秀は、斎藤道三と義龍父子の間に流言《りゅうげん》を放って、憎み合うように仕向けたのは信長の策謀《さくぼう》によるものだ、と思っていた。

（信長が美濃を取れば、もはや利用することもなくなった帰蝶《きちょう》様（濃姫《のうひめ》）のお命はないだろう）

光秀はそのことを案じていた。

道三の娘である帰蝶を妻とした信長は美濃の国内が乱れるのに乗じて兵を入れ、美濃を奪うつもりでいたのだ。

斎藤義龍は道三を倒した後、美濃をまとめあげ、信長に付け入る隙を与えなかった。しかし、義龍は永禄元年に治部大輔《じぶのたいふ》に任ぜられ、翌年には幕府相伴衆にも列せられたが、永禄四年五月に病没した。

帰蝶の母方の実家は明智氏である。

光秀と帰蝶はいとこの間柄だった。光秀の父は早くに亡くなり、実家を継いだ叔父の明智光安《みつやす》は道三についたことから斎藤義龍に攻め亡《ほろ》ぼされた。明智一族は離散し、光秀は京に出て幕臣となったのだ。光秀が将軍家に忠誠を尽くすのは、やがて美濃に戻り、将軍の権威によって明智城を取り戻すためだった。

そして帰蝶を守りたいと光秀は考えていた。

帰蝶のことに思いをめぐらす光秀の目には陰翳《いんえい》があった。

なぜかはわからない。

だが光秀にはこれからの人生が影を踏んで歩くようなものになるのではないか、という気がしていた。

七

永禄八年（一五六五）九月——

友松は恵瓊とともに山陽道を西へ向かった。恵瓊が目指したのは安芸吉田の郡山城だった。

「なんじゃ、いまや毛利は尼子攻めをしておると聞いたぞ。戦場近くに行くのではなかったのか」

　郡山城は、建武《けんむ》三年（一三三六）に毛利氏の祖、毛利時親《ときちか》が築城して以後、毛利氏代々の居城《きょじょう》だった。郡山の山麓《さんろく》に本丸《ほんまる》、二ノ丸をおき、山全体を要塞化《ようさいか》していた。

　天文九年（一五四〇）に出雲の月山富田《がっさんとだ》城主尼子詮久《あきひさ》（晴久）が郡山城を攻めた際には家臣と領民八千人が籠城《ろうじょう》するほど大きな城だった。

「郡山城には、毛利元就様の嫡男で、亡くなられた隆元様をお祀りした常栄寺《じょうえいじ》が建てられ、わたしの師僧である竺雲恵心が開山となられました。それゆえ、まずは常栄寺に参りますが、用件はそれだけではありません」

「ほかに何があるというのだ」

　友松は怪訝《けげん》な顔をした。恵瓊はにこりとして答える。

「雪舟の絵です」

「なんと。雪舟を毛利は持っているのか」

「〈山水長巻《さんすいちょうかん》〉という長い絵巻物《えまきもの》ですよ」

　雪舟は晩年、周防山口の雲谷庵《うんこくあん》で絵を描き続けた。〈山水長巻〉は春から冬にいたる四季の風景を描いた名品で〈四季山水図〉とも呼ばれる。

「話には聞いたことがあるぞ。〈山水長巻〉を見ることができるのか」

友松は率直《そっちょく》に喜んだ。

「さようです。そのうえで、尼子の城を攻めておられる毛利様のもとに参りましょう。将軍足利義輝様が三好三人衆と松永久秀に討たれたからには、毛利様の今後もあらためて考えねばなりませぬゆえ」

「なるほどな」

友松はうなずきながらも、毛利家の今後の外交などにはまったく関心がない、という表情で足を速《はや》めた。

郡山城に着くと、恵瓊は常栄寺の竺雲恵心を訪れた。

このころ、竺雲恵心は毛利家の外交を一手に預かっており、恵瓊を呼び寄せたのは自分の代理として各地に赴かせるためのようだった。

竺雲恵心と何事かひそひそと話した恵瓊はその後、友松を二ノ丸に案内した。二ノ丸大広間に入ると、小姓《こしょう》が細長い木箱を持ってきた。恵瓊がゆっくりと蓋《ふた》をとって、取り出した絵巻物を広げた。およそ五十尺ほど（約十六メートル）の長さだ。大広間でなければ広げられなかった。

巻《まき》を開くと、ひとりの老師が従者とともに山道をたどっている。中国風の人物や屋敷が点在するものの、自然の山々や岩などが四季とともに入念に描かれている。四季の移ろいは人生の旅を表しているのかもしれない。
老師の歩く道は、林や橋を過ぎ、やがて険しい断崖《だんがい》を進むが、大きな岩を越えると初夏の海に出る。帆《ほ》をたたんだ船の群れが水面《みなも》に浮かぶ風景がひらける。さらに秋の風景へと絵巻物の世界は続いている。
巻末の署名から雪舟が六十七歳のおりの作品だとわかる。
恵瓊はそばから覗《のぞ》き込んで、
「〈瀟湘八景図《しょうしょうはっけいず》〉を模したものでしょうか」
と賢《さか》しらげに言った。
中国の古代、楚《そ》が栄えた地域にある洞庭湖《どうていこ》に注ぐ瀟水と湘水が合流するあたりを瀟湘という。〈瀟湘八景図〉は、この周辺の豊かな景色の中から、
平沙落雁《へいさらくがん》
遠浦帰帆《えんぽきはん》
山市晴嵐《さんしせいらん》
江天暮雪《こうてんぼせつ》
洞庭秋月《しゅうげつ》

瀟湘夜雨《やう》
煙寺晩鐘《えんじばんしょう》
漁村夕照《ぎょそんせきしょう》

という八つの風景を描いたもので、北宋《ほくそう》の宋迪《そうてき》が発案したと言われる。水墨画ではよく描かれる題材だが、友松は絵を見つめた後、

「違うな」

とつぶやいた。

「違いますか」

恵瓊は怪訝そうな口調で言った。

「画風が明国のものに似ているから、あたかも明国の風景を描いたように見えるが、よく見ればこれは、わが国の山河《さんが》だ」

友松はきっぱりと言った。

「さようですか」

恵瓊はあらためて絵を見つめたが、しばらくしてため息をついた。

「わたしにはよくわかりませんな」

「お主は俗世《ぞくせ》ばかりを見ている。いわば上辺《うわべ》を見て真《まこと》を見ていないのだ。この絵の

中に旅の途中で見た風景があるのが見て取れぬのであろうな」

友松は雪舟の絵を見ながら考えた。

（これは、狩野派の絵とは根元から違うようだ）

狩野派の絵が将軍や大名、寺社からの注文によって、それぞれの綺羅《きら》を飾るのだとしたら、雪舟の絵は言わば、おのれの魂《たましい》の姿しか見ようとしていない。おのれが何者なのかということを問いかけ、その答えを絵の中に得ようとしている。

気が付けば友松は絵の世界に惹《ひ》きつけられていた。

（このような絵が描きたい）

友松には胸の中に沸々《ふつふつ》と湧いてくるものがあった。狩野元信が、友松の絵を見て、かような絵は描かせないといった理由がわかる気がした。

たしかに狩野源四郎の方が絵を描く技では勝《まさ》っているだろう。しかし、自分は、技量が優れた絵を描きたいわけではないのだ、と思った。

美しさだけの絵が何になろう、絵はおのれの魂を磨くために描くものなのではないのか、と友松は思った。

友松はあらためて雪舟の〈山水長巻〉を眺めながら、

「このような絵を描くのであれば、絵師になるのも悪くはないかもしれんな」

とつぶやいた。

「ほう、もはや、武士になるのは諦《あきら》めましたか」

恵瓊がどことなく軽《かろ》んじた言い方をした。友松はじろりと恵瓊を睨んだ。

「わたしが武士になりたいなどといつ申した」

「寝言《ねごと》のように武家への憧《あこが》れを口にしておられます。わたしなどは僧侶なればこそ、戦国の世で武家にはできぬ知略の戦いがあるのではないかと思っておりますが」

友松は鼻で嗤《わら》った。

「策を帷幕《いばく》の中にめぐらし、勝ちを千里《せんり》の外に決するというが、つまるところ、おのれは傷つかぬ場所におって、出世を果たしたいというだけのことではないか。それではおのれを磨くことはできまい」

恵瓊は澄《す》ました顔で言い返す。

「おのれを磨くとは世間体《せけんてい》のよい言葉ですが、それは、おのれの中に何かがあってのことではございませんか。おのれに何もなければ、磨いてもすり減るだけのこと。仕舞いには何もなくなって消え去りましょう」

鋭い反論を受けて、友松は思わず笑い出した。

「なるほどのう。面白いことを言う。磨いて、磨いて消え去るか。それもまた、よいかもしれんな」

友松の放胆《ほうたん》な言葉につられるようにして恵瓊も笑った。

「友松殿は、どうも、この世の外で生きておられるようなところがあって、かないませんな」

さて、どうであろう、と言いながら友松はすでに見終わった〈山水長巻〉を巻き戻し、額にかざしてから木箱に納めた。

「さて、雪舟様の絵は堪能《たんのう》した。次は戦場の地獄図を見ねばなるまい。それにしても恵瓊殿の実家、安芸武田氏は尼子方についておったと聞いたが、尼子との戦で毛利の陣僧《じんそう》となることに後ろめたさはないのか」

ははは、と恵瓊は笑った。

「友松殿はご存じないゆえ無理もございませんが、わが家が尼子についたのは、山口の大内に対抗するためでござった。だが、その後、毛利が興《おこ》り、わが城が毛利に囲まれたとき、尼子は武田を見捨てて退《しりぞ》いたのです。ゆえに毛利についたとしても後ろめたさなどございません」

抜け目のない表情で言ってのける恵瓊を見て、友松は鼻白《はなじろ》んだ。

(この男はどうも智《ち》に走り過ぎ、情に欠けるところがあるようだ)

恵瓊は素知《そし》らぬ顔でにこにこしている。友松は大きく吐息をついて、このことは忘れることにした。

ふたりは間もなく毛利が攻めている尼子義久《よしひさ》の居城、月山富田城へと向かった。

九月二十日——

富田城に近づいたとき、ふたりは息を呑んだ。

毛利の陣営は富田城から十里《り》ほど離れた荒隈城《あらわいじょう》に本陣を構え、富田川を挟《はさ》んで尼子方と睨みあっていたのだ。すでにいく度か戦闘が行われたはずだが、尼子氏はよく持ちこたえているようだ。

恵瓊は小早川隆景の陣へ行った。

毛利家では隆景が主《おも》に外交を行い、兄の吉川元春が城攻めを担当するのがもっぱらだった。恵瓊が訪ねると、具足《ぐそく》姿の隆景はにこりとして、

「ちょうどよい。ただいまから面白い一騎打ちが見られる。話の種に見ておくがよい」

と言った。隆景は友松をちらりと見たが、恵瓊の供の僧だと思ったのだろう、特

に声をかけない。

「面白い一騎打ちでございますか」

恵瓊は目を丸くして問い返した。諧謔《かいぎやく》好きの隆景は時に思いがけない言い方をするが、生死が分かたれる戦場での面白い一騎打ちとはいったい何だろうか。

友松も首をかしげざるを得なかった。

隆景は、ははは、と笑った。

「恵瓊は尼子方に山中鹿之助幸盛《やまなかしかのすけゆきもり》という武者がおることを知っておるか」

「存じております。なかなかの豪勇の者だとか」

恵瓊が答えると、隆景は深々とうなずいた。

「武勇に優れ、戦上手でもある。此度《こたび》、われらが攻め寄せても尼子方に怯む気配がなく、士気が衰《おとろ》えぬのは、奴《やつ》がおるからであろう」

「さようでございますか。憎い者でございますな」

感心したように恵瓊は応じた。

「その山中鹿之助を何としても討ちたいと、わが方の益田藤兼《ますだふじかね》配下の品川大膳《しながわだいぜん》という武者が願っておるそうな。なんと大膳は、近頃、奇妙な名を名乗っているそうな」

「武勇の者を討つために名を変えるとは、どういうことでございましょうか」

恵瓊が首をかしげると、品川大膳は名を、

――棫木《たらぎ》狼《おおかみ》之介《のすけ》勝盛《かつもり》
と変えたのだ、と隆景は告げた。

棫の木は鹿が好む、鹿を殺すのは、狼である、さらに幸盛に対して勝盛と名のるのはすべて山中鹿之助より強い名なのだという。

友松は馬鹿馬鹿《ばかばか》しいと思ったが、毛利の陣営で口にするわけにもいかず、神妙な顔で黙っていた。

「それはまた、勇《いさ》ましいことでございますな。狼之介殿の勝利、疑いございますまい」

恵瓊は見え透《す》いた世辞《せじ》を口にした。

さすがに隆景は苦笑しながら、

「大膳が一騎打ちを尼子方に申し入れると山中鹿之助め、応じてきた。戦う場所は両軍の間の富田川の中州《なかす》だ。さて、鹿と狼の一騎打ち、いかなることになろうかな」

とつぶやいた。

眉根に曇りがあるところを見ると、隆景は鹿之助の腕前《うでまえ》を知っており、油断していないようだ。

八

山中鹿之助と品川大膳は富田川の両岸で睨みあった。先に川に入って中州に進み始めたのは鹿之助だった。

まだ、二十歳《はたち》ぐらいだろうか。背は五尺余りで肩が張って、手足が太くたくましかった。緋糸縅《ひいとおどし》の鎧《よろい》をつけ、三日月《みかづき》の前立《まえだて》、鹿の角《つの》の脇立《わきだて》の兜《かぶと》を被っている。

これを見守る尼子勢から、

――山中さまあ

と声が上がった。対する大膳は、頭形《ずなり》兜で黒塗鋲《びょう》綴《つづり》桶側《おけがわ》二枚胴《どう》具足だった。兜の日輪《にちりん》の前立だけが金色でほかは黒である。

鹿之助が川の途中まで渡ったのを見定めた大膳が、やがて悠然《ゆうぜん》と川に入った。このとき、大膳は大弓《おおゆみ》を手にしている。

尼子方では鹿之助と生死をともにすると誓《ちか》って後に、

――尼子十勇士

と呼ばれる武者のうち、
秋宅庵之介《あきあげいおりのすけ》
五月早苗之介《さつきさなえのすけ》
藪中荊之助《やぶなかいばらのすけ》
たちが鹿之助の一騎打ちを見守っていた。大膳が大弓を持っているのを見て、

「お互いに名乗りをあげての勝負ではないか」

「一騎打ちに弓矢を使うは卑怯《ひきょう》ぞ」

「太刀《たち》で勝負をいたせ」

と口々に非難した。しかし、大膳はこれに構わず、歯をむき出して笑うと、大弓を構えて鹿之助に狙《ねら》いを定めた。

これを見た秋宅庵之介が弓に大雁股《おおかりまた》の矢を放ち、大膳の弓の弦《つる》を切り落とした。

「おのれ、一騎打ちの邪魔をするか」

大膳は怒ると弓矢を投げ捨て、中州に上がると大太刀を抜いて鹿之助に迫った。

「勝負ぞ」

大膳がわめくと、鹿之助も腰の刀を抜き放ち、

「ござんなれ」

と叫んだ。大膳は大太刀を振りかぶって斬りつけた。鹿之助が刀で弾《はじ》き返す。大膳は旋風《せんぷう》のように大太刀を振り回して、鹿之助に迫っていく。

鹿之助は懸命に刀で防ぎつつも、中州の端《はし》に追い詰められると自ら飛沫《しぶき》を上げて川に入った。

「おのれ、逃げるか」

大膳は鹿之助を追って川に入り、大太刀で斬りつけた。だが、そのとき、足がずぶりと深く川底に埋まった。大太刀を振り回すため、足を踏ん張らなければならなかったのだ。

鹿之助はすかさず斬りかかった。がち、がち、と鹿之助の刀が大膳の具足に当たる音が響いた。

具足をつけた武者の戦いは兜の下の眼や面頬《めんぽお》の下の咽頭《いんとう》、股間《こかん》、手首、足首、臑《すね》当《あ》ての後ろ、足の甲《こう》と指、脇の下などを狙うしかない。

だが、鹿之介は戦場と同じように、大膳を叩き伏せて倒した上で首を取ろうと考えているようだ。

川底が柔《やわ》らかい川に入って大太刀を振るうのは不利だ、と悟《さと》った大膳は、

「いざ、組まん」

と叫ぶなり大太刀を川に投げ捨て、大きく手を広げた。これを見た鹿之助は、

――おおう

と応じて刀を捨てた。

力に自信のある大膳はにやりと笑った。

鹿之助と大膳は川に腰まで浸《つ》かりながら組み合った。たがいに相手をねじ伏せようとしたが、力では大膳が勝った。じりじりと鹿之助を押さえつけていく。

鹿之助が負けじと力を込めたとき、大膳は水中で鹿之助の足を払った。鹿之助が思わず転《ころ》ぶと、大膳は上からのしかかって鹿之助を沈めようとする。

鹿之助がもがけばもがくほど、大膳は力を込めた。このまま鹿之助は溺れ死ぬかと見えたとき、不意に大膳の動きが止まった。

川面《かわも》に鮮血《えぐ》が浮いてきた。組み伏せられていた鹿之助は水中で腰刀を抜き、大膳の太ももを抉った。

大膳が苦痛のために腕に込めた力をゆるめた。鹿之助は水面に顔を出して大膳を跳《は》ね返した。よろけながら中州に向かう大膳に鹿之助は追いすがって組み伏せた。

そして大膳の首をかき切ると立ち上がって、

「石見国《いわみ》より出でたる狼を、出雲の鹿が討ち取ったぞ」

と叫んだ。

尼子勢が勝どきをあげた。

これを見た毛利勢の兵たちは歯嚙《はが》みすると、

「品川大膳を目の前で討たれて、このままにしておけぬ。山中鹿之助を討ち取れ」

と次々に川を渡って尼子勢に攻め寄せた。尼子勢も、

「小癪《こしゃく》な」

と迎え討った。毛利勢は川の真ん中あたりまで進んで、尼子勢を圧倒しようとした。すると、富田城から救援の鉄砲隊が駆けつけ、毛利勢に向かって発砲した。

毛利勢は怒りにまかせて攻め寄せただけに鉄砲防ぎの盾《たて》などは持っておらず、たちまち十数人が倒れた。

隆景が川岸に駆けつけ、

――退《ひ》け、退け

と怒鳴ると、毛利勢は一斉《いっせい》に退いた。

その様を見つめて、恵瓊はうんざりした顔つきで、

「まったく一騎打ちなどよけいなことをしたものだ。敵を勢いづかせただけではないか」

と言った。友松は恵瓊に顔を向けた。

「まことにそう思うのか」

恵瓊は眉をひそめて友松の顔をうかがい見た。

「友松殿はさようには思わぬのですか」

「思わぬな」

友松はきっぱりと言った。

たったいま、目の前で繰《く》り広げられた山中鹿之助と品川大膳の死闘が友松の目には焼き付いていた。

「武士とはかくも猛々《たけだけ》しく、勇壮《ゆうそう》で豪胆《ごうたん》なものかと感じ入った。そして、武士が相手を倒さんと死力を尽くす姿は、わたしには荘厳《そうごん》なものに見えたぞ」

「さようですかな。わたしには、あのふたりが川の中でじたばたしておったようにしか見えませんでしたが」

恵瓊があきれたように言うと、友松はため息まじりに頭を振った。

「どうやら、恵瓊殿には武士というものがわからぬようだな」

さすがに恵瓊はむっとして、

「わたしは僧侶ですから、武士のことはわからずともよいのです。ただ、毛利が今後、どのように動いて天下の西半分を制するかはわたしの頭の中にあります。刀で斬り合うことしかできぬ武士にはできぬことかと存じます」

と言い返した。友松は落ち着いて諭すように言った。

「武士には美しさというものがある。それは、時には合戦に勝ち、領国を広げることよりも大事なことだとわたしは思う。いましがた死闘の末に敵を倒した山中鹿之助を、わたしは美しいと見たぞ」

恵瓊は微笑《びしょう》した。

「なるほど、さほどに美しさを見ようとされるのは、やはり友松殿は僧侶や武士として生きるよりも、絵師として生きられるのが本分《ほんぶん》なのではありますまいか」

恵瓊の言葉に友松は絶句した。


ふたりは間もなく京へと戻った。

友松が東福寺で日々の勤行を務めていると、塔頭に恵瓊が訪ねてきた。若いほっそりとした姿の僧を伴っている。

恵瓊は座敷に通されて友松に挨拶《あいさつ》した後、連れてきた僧を紹介した。

「こちらは天雲《てんうん》と申される。この東福寺で修行をされているのですが、先日の富田川での一騎打ちについて聞きたいとのことなので、お連れしました」

天雲と呼ばれた僧は頭を下げて、

「実は、わたくしは尼子家の血を引いておりますが、幼《おさな》くして仏門に入り、尼子の合戦のことなど何も知りません。此度は尼子の武者が一騎打ちにて武名を上げたと聞いて、詳《くわ》しく知りたくなりました」

と言った。

「ほう、尼子の血筋《ちすじ》の方が、この寺におられましたか」

友松は興味深げに天雲という僧を見つめた。年は十三、四歳だろうか。やさしげな顔立ちだが、目が鋭く、引き締まった口元に厳しさを感じさせるのは、やはり武家の出だからだろうか。

「尼子の血筋とは申しましても、新宮党《しんぐうとう》にございます」

天雲は翳《かげ》りを帯《お》びた表情で言った。恵瓊がちらりと天雲の顔を見てから口を開いた。

「新宮党とは尼子一門衆の中でも武勇に優れた方々なのですが、それだけに当主からは警戒《けいかい》されることが多かったようです。父上の尼子誠久《まさひさ》様はじめ、新宮党は主君尼子晴久様により、誅殺《ちゅうさつ》され、幼かった天雲殿は仏門に入って生き延びられたのです」

「それはまた、ご苦労されましたな」

友松は天雲に同情の目を向けた。

武家は一門の争いがもっとも酷《ひど》い。領土争いでの敵に対しては情けをかけることもあるが、いったん一門の中で争えば将来に禍根《かこん》を残さないため幼子《おさなご》まで殺すのだ。

天雲は微笑んで、

「さようなことがあったのですから、尼子家のことなど耳にしたくもないはずなのですが、近頃、毛利に攻められて苦境にあると聞けば、やはり気になっておりました。そんなおり、尼子の家臣が武名を馳せたと聞きましたので、できればお話をうかがいたいと思い立ったしだいです」

と丁寧に言った。恵瓊はうなずいた。

「わたしは武者働きのことはよくわかりませんから、友松殿から話していただいた方がよかろうと思ったわけです」

そういうことならば、と答えて友松は富田川での一騎打ちについて語り始めた。

「武者同士の一騎打ちなど、めったにあることではござらん。まして尼子方は毛利の大軍に攻め寄せられ、意気阻喪《いきそそう》していてもおかしくはないところでござる。それなのに山中鹿之助殿は恐れる風もなく出て参られた。そのことに、まずは感服いたした」

「なるほど、さようですか」

天雲は嬉しげに言った。

「さらに驚いたことには、鹿之助殿は相手が組討《くみう》ちに持ち込もうとすると潔く刀を捨てられた。これまた、なかなかできることではございますまい」

友松はさらに、闘《たたか》いの様子を詳しく話したうえで、

「石見国より出でたる狼を、出雲の鹿が討ち取ったぞ、と鹿之助殿が雄叫《おたけ》びを上げられたときは、わたしも胸が高鳴りました。尼子の武名はおそらくこれからも廃《すた》れることはございますまい」

と言うと、天雲ははらはらと涙をこぼした。

「嬉しい話を聞きました。わたしは僧となり、もはや武門と関わりはございませんが、それでもわたしの体に武家の血が流れていることを誇《ほこ》りにいたしております。尼子の武名がこれからも衰えなければよいが、と願うばかりです」

「実はわたしも武家に生まれましたが、いまは僧として暮らしております。いつの

日か還俗いたし、武名をあげたいと思わぬでもありません。天雲殿にもさような日が参るのではありませんか」

友松が励ますように言うと、天雲は笑って頭を横に振った。

「さように言っていただくのはありがたいですが、わたしは主家から誅殺された家の者です。還俗して世に出ることは許されますまい」

天雲は諦めたように言った。

恵瓊が冷徹《れいてつ》な目を天雲に向けた。

「いまや、西国《さいごく》では毛利が日の出の勢いでございます。天雲殿が還俗して尼子氏の勢力を盛り返そうとお考えなら、それは無駄でございましょう」

友松はむっとして恵瓊を睨んだ。

「武門には意地というものがある。無駄であるかどうかは問うところではなかろうと思うぞ」

「意地では世の中の流れを変えることはできません」

ひややかな恵瓊の言葉を天雲は目を閉じて聞いていた。

山中鹿之助と品川大膳の一騎打ちで鹿之助が勝利を得たことで尼子勢の意気はあ

がったが、その後、毛利は富田城を囲んで兵糧《ひょうろう》攻めを行った。

翌年の永禄九年十一月、尼子義久は毛利に降伏《こうふく》、開城した。毛利元就は義久の降伏を許したが、そのまま幽閉《ゆうへい》し、大名家としての尼子氏は亡んだ。

九

永禄十一年（一五六八）八月——

油照《あぶらで》りの暑い日だった。

友松が京都市中での用事をすませて汗だくになって東福寺に戻ってきたところ、山門に牢人者《ろうにんもの》らしい風体《ふうてい》の五人の男たちが佇《たたず》んでいた。いずれも埃《ほこり》に塗《まみ》れた旅姿だった。

何者たちであろうと思いつつ、男たちのそばを通り過ぎようとした友松は、はっとして足を止めた。

五人の中のひとりの背格好《せかっこう》に見覚えがある気がした。

友松は男たちを見まわしてから、

「わたしは東福寺で修行いたしております友松と申しますが、失礼ながら尼子の方々か」

　と訊いた。友松が言うなり、男たちは色めき立った。だが、男たちの中でも年長の男が穏やかな様子で口を開いた。

「よくおわかりでございますな。それがしは尼子家に仕えた立原源太兵衛尉《たちはらげんたびょうえのじょう》と申す。御坊はなぜ、われらを尼子の者だとおわかりになられましたか」

　友松は源太兵衛尉の後ろに立つ若い男を指さした。

「その方に見覚えがあるゆえ、お訊ねいたしました」

　源太兵衛尉はちらりと後ろを振り向いてから、友松に鋭い目を向けた。

「この者はそれがしの甥《おい》にござる。いずこでこの者を見知られた」

「いや、あのおり、その方は緋糸縅の鎧をつけ、三日月の前立、鹿の角の脇立の兜を被っておられた。その姿を遠くから見ただけでござったが、いまお会いしたとき、何やら似た気を発しておられましたのでな。お名前はたしか、山中鹿之助殿と聞いたように思います」

　それでは、ご無礼しました、と頭を下げて友松が遠ざかろうとすると、

「あいや、待たれい」

　源太兵衛尉の後ろから出てきた鹿之助が声をかけた。

友松が振り向くと、鹿之助は刀で斬りつける間合《まあ》いのうちにすっと入って、

「何ぞ、ご用か――」

「それがしが鎧兜を身に着けておるところを見かけたと言われたが、それなら戦場でのはず。どこでご覧になられたか、お教え願いたい」

言葉にかすかに殺気が滲んでいる。

「これは重ね重ねの失礼、お詫《わ》びいたす。拙僧が山中殿をお見かけしたのは、三年前、永禄八年九月、富田川の川岸でござった」

友松は淡々と言った。鹿之助は白い歯を見せて笑った。

「ならば、品川大膳との一騎打ちを見られたのか」

「遠見ながら見させていただいた。山中殿の武者ぶり、あっぱれだと思いましたゆえ、覚えておったしだいでござる」

「お褒めはありがたいが、あの場には尼子と毛利方の者しか近づけなかったはず。御坊は尼子方ではないゆえ、毛利方であったということになる」

「毛利方というわけではないが、毛利の陣を訪ねていたのはまことです」

あっさりと友松が言うと、鹿之助は刀の柄に手をかけた。それを見た友松は、

「わたしを斬るつもりか」

と低い声で言った。鹿之助は刀の柄に手をかけたまま、

「われら尼子家に仕えた者にとって、毛利に縁がある者はたとえ僧侶であろうとも許すことはできぬ」

と押し殺した声で言った。

友松が何か言おうとしたとき、源太兵衛尉が間に入った。

「よさぬか、鹿之助。われらにはなさねばならぬことがあるのだ。東福寺の山門前で血を流しては、すべてが水の泡《あわ》となろう」

源太兵衛尉に言い聞かされて、鹿之助は渋々、刀の柄から手を放した。

「ご無礼いたした」

源太兵衛尉は友松に頭を下げた後、鹿之助たちをうながして山門をくぐっていった。その様を見ながら、尼子の者たちはなぜ、東福寺に来たのだろう、と首をひねった。すると、東福寺の僧、天雲が尼子一門であることを思い出した。

「何ぞ、面白いことが始まるのかもしれぬ」

友松はにやりとした。

一刻《いっとき》（約二時間）ほどしてから、友松の塔頭の玄関で訪いを告げる声がした。

友松が出てみると、天雲が立っていた。その背後には、立原源太兵衛尉や山中鹿之助たち尼子の者が立っている。

「いかがされましたか」

友松は式台に座って訊いた。天雲はにこりとして答える。

「この者たちは尼子の旧臣ですが、わたしを擁《よう》して尼子家再興を図《はか》りたいと訪ねてきてくれたのです」

友松は息を呑んだ。

「尼子家を再興なさるのですか」

「できるかどうかはわかりませんが、かような申し出がなければ、わたしは一介の僧として生涯を送るしかありませんでした。武門に生まれたからには、一度は一国一城の主となることを夢見てみたいのです」

声を弾《はず》ませて天雲は言った。

「では還俗されて寺を出られるのですな」

「はい、兵は拙速《せっそく》を尊《たっと》ぶと申します。腹を決めたからには、すぐさま動こうと思うのです」

天雲の背後にいた源太兵衛尉が、前に出て口を開いた。

「さすがに尼子一門でも猛勇《もうゆう》で知られた新宮党のお血筋でござる。われら感服つかまつった。これより天雲様を主君と仰いで粉骨砕身《ふんこつさいしん》お仕えいたす所存でござる」

「さようか、ならば、もはや、天雲という法号はいかがなものか。武将らしき名にされたらいかがか」

友松に言われて天雲は少し考えてから、

「ならば、これも縁です。友松殿に名付け親になっていただきましょう」

と言った。友松は驚いたが、武門の門出《かどで》に逡巡《しゅんじゅん》は不吉であると思った。

「勝久《かつひさ》はいかがでござろう。尼子氏は男子《おのこ》に久をつける習わしと聞いております。ならば、久しく勝ち続けるという意を込めての勝久でござる」

天雲が、勝久、と口の中で繰り返していると、鹿之助が一歩、踏み出して、

「よき名でござる」

と口を挟んだ。

天雲はにこりとした。

「ならば、かく名乗りましょう」

尼子の者たちの間から、おおう、という声が漏《も》れた。すなわち、山中鹿之助たち十勇士を率いて、尼子家再興の苦難の戦いを行い、毛利家を悩ませる、

――尼子勝久

である。友松は式台に両手をつかえて、

「ご武運、お祈りいたしますぞ」

と言って頭を下げた。

天雲はうなずいた。

「友松殿、わたしが一城の主となったおりには訪ねてきてください」

「必ずや、参りますぞ」

友松が力強く答えると、天雲は辞儀《じぎ》をして背を向け、

「参りましょう」

と尼子の者たちに声をかけて出ていった。天雲の後ろに、源太兵衛尉や鹿之助が従う。その風格はもはや、ひとりの武将のものだった。

天雲はこの日、還俗して東福寺を去った。その後、勝久を主君に擁した尼子勢の戦いが始まる。

尼子勝久が東福寺を去ってひと月後、京に噂が走った。

織田信長が三好三人衆と松永久秀によって殺された将軍足利義輝の弟、足利義昭《よしあき》

を擁して上洛するという。

義昭とは、かつて大和の一乗院にいた覚慶のことだ。覚慶は一乗院を脱出、三好、松永の目を逃れて越前朝倉家を頼った。だが、朝倉義景には上洛する気概《きがい》がなかった。

このため覚慶は信長を頼ったらしい。

友松は覚慶が朝倉から織田に移ったと聞いて、その橋渡しをしたのは、元は幕臣だった明智光秀ではないかと思った。

（光秀様は、織田信長を使って幕府再興を画策《かくさく》されているのではないか）

そう考えると友松は胸が高鳴る気がした。

下剋上《げこくじょう》が極《きわ》まった戦国の世では義が踏みにじられ、力強き者だけが大手《おおで》を振ってまかり通っている。そのような世を、破邪顕正《はじやけんしょう》の剣によって正す者こそが、まことの武士ではあるまいか。

やがて信長の上洛戦の様子が伝わってきた。

信長が上洛しようとすれば、それを阻《はば》むのは近江の六角《ろっかく》氏である。

岐阜城《ぎふじょう》を出発した信長は、まず京までの道筋において、六角承禎《じょうてい》（義賢《よしかた》）の籠もる本城の観音寺《かんのんじ》城ではなく、難攻不落《なんこうふらく》とされていた支城の箕作《みつくり》城を二日間で攻め落とし、これに驚いた六角承禎を観音寺城から追うことに成功した。

この動きを恵瓊は友松の塔頭に来て伝えた。

「なんと、六角は戦上手で知られておったが、信長には歯が立たぬのか」

友松は驚きを口にした。恵瓊はうなずいて、

「まさに疾風迅雷《しっぷうじんらい》の勢いです。もはや、三好、松永の世は終わったようです」

恵瓊は感慨深げに言った。

「ということは、織田の天下になるということか」

「いえ、織田様が押し立てる足利義昭様が将軍となられて後、どうされるかでしょう。上洛を果たし、三好、松永を追い落としたところで、織田様の役目は終わるのでしょうから」

目を鋭くして恵瓊は考えをめぐらせた。

「そうか。狡兎《こうと》死して走狗《そうく》烹《に》らる、と言うからな」

友松は中国の故事を口にして慨嘆《がいたん》した。

越王《えつおう》の勾践《こうせん》が呉王《ごおう》の夫差《ふさ》を破ったとき、勾践の謀臣《ぼうしん》だった范蠡《はんれい》が口にした言葉だ。宿敵の呉王を倒した越王にとって自分はもはや無用になった、このまま越王のもとに留まれば、やがて殺されるだろう、と言って越の国を去ったという。

恵瓊はうなずいて、

「織田信長という大名が走狗であるかどうかというところです」

とつぶやいた。

その後、信長は上洛するなり、三好三人衆のひとり、石成友通《いわなりともみち》の守る勝龍寺《しょうりゅうじ》城《じょう》を攻略、山崎に兵を進めてやはり三好三人衆の三好長逸《ながやす》が籠もる摂津国芥川城《せっつのくにあくたがわ》を落とした。

三好勢は、擁立《ようりつ》した傀儡《かいらい》将軍の足利義栄《よしひで》とともに本国の四国へと退去《たいきよ》していった。

畿内を平定した信長は、十月十四日、京に凱旋《がいせん》した。足利義昭も京に入り、細川昭元《あきもと》の屋敷を御殿とした。

間もなく義昭は、帝《みかど》から将軍宣下《せんげ》を受けて征夷大将軍に就いた。

この間、朝廷との交渉は義昭の臣である細川藤孝と、信長に仕えることになった明智光秀が行った。

斎藤内蔵助もまた、織田勢のひとりとして上洛していた。内蔵助は石谷《いしがい》屋敷に入ると、使いを出して、友松を招いた。

友松は喜んで、石谷屋敷を訪ねた。奥座敷に通された友松の前に出てきた内蔵助は戦場で日焼けして、たくましさが増していた。

「上洛、おめでたく存ずる」

友松が頭を下げて言うと、内蔵助は手を振って笑った。

「此度の上洛にあたって、わたしは何ほどのこともしておらぬ。すべては、織田様の器量によるもの。それを助けたのは明智様だな」

光秀の名を聞いて、友松は目を輝かした。

「ほう、やはり、明智様のお働きがあってのことか」

「戦場での武功ではないゆえ目立たぬが、足利義昭様と織田様を結んで、ここまできたのは明智様が力を尽くされたおかげだ。さもなくば、京の公家衆の扱いを知らぬ織田様は、猪《いのしし》武者のごとく京に上っただけでなすところなかったであろう」

内蔵助は感慨深げに言った。友松は頭を大きく縦に振った。

「平家《へいけ》物語の木曾義仲《きそよしなか》でござるな」

友松の言葉に内蔵助は破顔《はがん》した。木曾義仲は平家を討ち破り、源氏《げんじ》の中でも真っ先に上洛を果たす。しかし、京の事情を知らぬ義仲は後白河《ごしらかわ》法皇や公家たちに翻弄《ほんろう》され、没落《ぼつらく》していく。

「まことにさよう、織田様を木曾義仲のようにしないのが、明智様のお役目であろう」

内蔵助は嬉しそうに言った。友松はまわりの様子をうかがってから、膝を乗り出して声を低めた。

「しかし、織田様は木曾義仲ではないにしても、源義経かもしれませんぞ。京から逃げた三好衆を討ち亡ぼした後、天下を治めるのは、義経ではなく、源頼朝公でござる。わたしは、明智様は蛟龍であり、時運を得れば源頼朝公にもなれる御方《おかた》だと思うております」

友松の言葉に内蔵助はあわてた。

「友松殿――」

内蔵助は自分の口に指を押し当てて、友松に黙れ、という仕草《しぐさ》をして見せた。

友松はからりと笑った。

「斎藤内蔵助ともあろう方が、さように小心では困りますな。武士たる者、一国一城の主を目指し、大名は天下人たらんとするのは、戦国の世の習いと申すべきではありませんか」

頭をかきながら内蔵助は応じる。

「それは、その通りだが、織田様という方は、猜疑《さいぎ》の心が強く、何を考えているのかわからぬところがあるゆえ、油断がならぬのです」

「ほう、そうなのですか」

「足利義昭様は将軍になられると同時に織田様に副将軍か管領になるよう言われたらしいが、織田様はこれをにべもなく断られた」

「なんと」

副将軍、管領と言えば足利幕府で最も重職である。それを断ったというのは、どういうことなのか。

「足利義昭様の側近たちは、織田様が栄達することを遠慮《えんりよ》されたのであろう、と噂しております。だが、わたしは織田様がさほどに殊勝《しゆしよう》な方だとは思えぬ。そのことは松永弾正《だんじよう》の扱いを見ればわかります」

内蔵助は眉をひそめた。三好三人衆が京を追われる中、松永久秀は信長に降伏して許された。

十三代将軍足利義輝を殺した久秀が許されたことに世間は驚いた。義昭もまた、久秀については、

——斬首《ざんしゆ》
にすべきだ、と信長に申し送った。しかし、信長はこれを一顧《いつこ》だにしなかったの

である。

「織田様はひとの善悪、正義か不正義かによらず、役に立つ者かどうかで扱いを決められるようです。ということは、織田様が天下を取りしきれば、悪人ではあるが、力のある者が栄達していくことになります」

憂《うれ》うるように内蔵助は言った。

「そのような天下と明智様は合いませぬな」

友松は腕を組んだ。

「まさにそうです。烏《からす》の群れに迷い込んだ鷹《たか》のごとき目に遭うやもしれません。烏は鷹を恐れ、憎み、あるいは殺そうとするかもしれぬ。それゆえ、明智様を持ち上げることはためにならぬやもしれぬのです」

内蔵助は諭すように言った。

ううむ、とうなった友松は、やがてぴしゃりと膝を叩いた。

「わかり申した。明智様が鷹であること、決して口にいたしますまい」

「それがよかろうと存ずる」

内蔵助は微笑むと話柄を変えた。

「ところで、友松殿は絵の方は進んでおられますか」

友松は驚いた。

「わたしが絵筆をとることを斎藤殿はご存じか」

「いつぞや、石谷家の者が話しておりました。友松殿は幕府御用絵師、狩野元信殿の弟子だそうな」

友松はため息をついた。

「いや、弟子などとはとんでもない。狩野ではわたしなどを絵師とは認めておりませぬ。おそらく狩野が思う絵とは違うものを描くからでしょう」

「ほう、狩野と違う絵とはいかなるものですか」

内蔵助に問われて、何と答えたらいいのか、と友松は頭をひねった。

「わたしは三年前、尼子の武者、山中鹿之助が毛利の品川大膳と一騎打ちをするのを見ました。狩野の絵は御殿を飾るものにて、草花や風景の美しさを求めますが、わたしには、闘う山中鹿之助が美しく見えました。狩野との違いと言えば、まずはそのようなところでしょうか」

「ほう、闘う武士の美しさでござるか」

感心したように内蔵助は言った。

「そうかもしれません」

うなずいた友松は、尼子勝久と名をあらためた天雲が、鹿之助たちとともに東福寺を去ったときの姿を思い浮かべた。

天雲は栄達を求めて還俗したのではない。あえて言えば苦難の道を自ら選んだのだ。武門であるからには、その道の先に無惨《むざん》な敗死が待ち受けているかもしれないことは覚悟のうえだろう。

東福寺にいれば、少なくとも生涯を安穏《あんのん》に全《まっと》うすることができる。だが、天雲はそれを潔しとしなかったのだ。

ひとがこの世に生を享《う》けるのは何事かをなすためだ、と天雲は思ったのではないか。だとすれば、自分がなすべきこととは何なのだろう。

友松は呆然として考え込んだ。

内蔵助はそんな友松をやさしく見つめている。

信長は十月二十六日には、いったん岐阜へ引き揚げた。その後、三好勢が京の奪《だっ》還《かん》を企《くわだ》てるが、信長はただちに岐阜から駆け戻って三好勢を退けた。

翌永禄十二年になると、信長は京の差配《さはい》を木下秀吉《きのしたひでよし》、丹羽長秀《にわながひで》、さらに明智光秀にまかせた。

明智光秀が歴史に登場するのは、このときからである。

十

織田信長は将軍となった足利義昭のために勘解由小路室町《かげゆこうじむろまち》の真如堂《しんにょどう》の跡地に城館を築いた。元々は足利義輝の旧幕府が置かれていた場所である。

何事も迅速《じんそく》を好む信長の命により、永禄十二年（一五六九）二月に築城に着手し、四月には義昭が移り住んだ。作事《さくじ》の差配は明智光秀が行った。

この時期、光秀は実質的な京都奉行《ぶぎょう》だった。

五月に入ったある日、友松は二条城《にじょうじょう》に光秀を訪ねた。石谷屋敷で挨拶を交わしただけだから、覚えていてくれるであろうか、と危惧《きぐ》したが、光秀は気軽に会ってくれた。

広間に出てきた光秀は袖無し羽織、袴姿だったが、鼻下に口髭《くちひげ》を蓄《たくわ》え、かつて会ったときとは見違えるような貫禄《かんろく》だった。

「おひさしぶりにございます。拙僧がかつてお会いいたしたとき、明智様は蛟龍である、風雲に乗じて天へ駆け上がる方だと申し上げたのを覚えておられますか。此度の上洛で拙僧の申し上げたことも間違いはなかった、と嬉しく思い、お祝いに参上いたしました」

友松が頭を下げると、光秀は、はっはと笑った。

「御坊がさように言われたことは覚えておりますが、それがしを蛟龍と言われたのはやはり褒《ほ》め過ぎでしょう。上洛して天下に号令しようとしているのは織田信長公にござる。それがしなどは天に駆け上がる龍に引き連れられた雑魚《ざこ》に過ぎませぬ」

「さて、それはどうでしょうか。拙僧は絵を描きますゆえ、見たものしか信じませぬ。拙僧が見た明智様は蛟龍であったということです」

光秀は苦笑して、話柄を変えた。

「さて、それはいかがでしょうかな。それよりも友松殿は斎藤内蔵助殿とは会われたであろうか」

「去年、上洛されたおりに石谷屋敷にてお会いいたしました」

友松が言うと光秀はうなずいた。

「さようか、そのおり斎藤殿は何かおっしゃっていたか」

光秀に訊かれて、友松は戸惑った。

内蔵助はあのとき、信長はひとの善悪、正義か不正義かによらず、役に立つ者かどうかで扱いを決めるから、信長が天下を取りしきれば、悪人ではあるが、力のある者が栄達していくから光秀とは相容《あいい》れないのではないかと言った。

実際、信長は、三好三人衆を駆逐《くちく》すると、降伏してきた松永久秀を、義昭の反対を押し切って許した。

信長が悪人すら使おうとしているのは明らかだった。だが、そのことを光秀に伝えていいものかどうか。

友松が何も言えずにいるわけを察したのか、光秀は言葉を添えた。

「斎藤殿にもお考えはあるだろうが、いまや天下の流れは織田様がつくろうとされておる。天下の安寧《あんねい》を願うならば、織田に身を置くのはやむを得ぬことだとわたしは思っている」

光秀の言葉にもどことなく歯切れの悪いところがあった。織田信長という大名には信じ切れぬものがあるのではないか、と友松は思った。

光秀はことさら声を明るくして、

「友松殿、これからは世の中が変わりますぞ。もし、還俗されることをお考えならばいまがよい。それがしのもとに参られてもよいし、織田家に仕官を望まれるなら、推挙《すいきょ》いたしますぞ」

それは有難《ありがた》い、と言おうとして、なぜか友松の口は開かなかった。そのわけはわからなかったが、

「拙僧はいまだに武士となるか絵師となるかについて迷っております」

と正直なことを言った。

ほう、と言って光秀は目を輝かした。

「友松殿は絵師になるつもりがあるのか」

「なろうと思っているわけではありませんが、絵を描いていると、身の内に何やら力を感じます。その力を表に出してやらねば気がすまぬので絵を描きたいのであろうかと存じます」

「なるほど、よきことを言われる。おのれの身の内にある力を出さねば気がすまぬとは、わたしにも思い当たるところがある。いや、織田様こそ、なにより、そういう方であるかもしれぬな」

「織田様とはさような御方にございますか」

尾張の荒大名《あらだいみよう》に過ぎぬ男がたまたま足利義昭に出会って上洛したに過ぎないのではないか、と思っていた友松は目を丸くした。

「さよう、織田様はいつも体の中に火が吹き荒れておられるような方だ。時にそれ

が火炎《かえん》となって噴き出すようだ」

「なるほど、あたかも火炎を背に負って降魔《ごうま》の利剣《りけん》を手にした不動明王《ふどうみょうおう》のごとき方でございますな」

友松が言うと、光秀はうなずいた。

「さようだな、いつ、誰が利剣によって首をはねられるか、誰にもわからぬゆえな」

「さようでござるか。いつかそのような不動明王の絵を描いてみたいものでございますな」

友松が思わず膝を進めると、光秀は笑った。

「なるほど、やはり友松殿は絵師として生きるべきなのかもしれませんな」

光秀の言葉を胸に留めて友松は間もなく辞去《じきょ》した。館《やかた》を出て城門にさしかかったとき、

「これは珍しいところで会《お》うたもんや」

と声がかかった。

友松が振り向くと、黒の袖無し羽織を着た狩野源四郎が立っていた。いつぞや東福寺に友松を訪ねてきて以来である。

「おひさしゅうござる」

友松が頭を下げると、源四郎は笑った。

「たしかにひさしいが、妙なところで会う。何用があって二条城に来たんや」

相変わらず、高飛車《たかびしゃ》な源四郎の物言いに友松は苦笑して答えた。

「明智様とかねて面識がありましたゆえ、ご挨拶に参っただけでござる」

「ほう、まさか、われら狩野にとって代わって幕府のお抱え絵師になろうなどと野心を抱いたんやないやろな」

源四郎は鋭い目で友松を見つめた。

「滅相《めっそう》もござらん。わたしにさような技量はございますまい」

友松が否定すると源四郎は鼻で嗤った。

「そんなことはわかってる。そやけど、野心は別もんや。おのれの非力《ひりき》を忘れて高い地位を得ようとする者はおるからな」

「拙僧はそんなことはせぬ」

友松がむっとして言うと、源四郎はにやりと笑って近づいてきた。

「まあ、怒らんとき。それより狩野は今度、九州、豊後の大友家の仕事をすることになったんや。そなた、手伝う気があるんやったら連れてったるぞ」

「九州に行かれるのか」

「そうや」

友松は眉をひそめた。

「狩野家は幕府のお抱え絵師ではないか。将軍家が京に戻られたのはひさしぶりのことだ。それなのに幕府のお抱え絵師が京を出て九州に行かれるとは、いかがなものかな」

源四郎はからりと笑った。

「いまの将軍様がどれほど京にいてはるかわからんから、仕方ないやろ。織田の力で将軍になったからには、織田がその気になれば追い出される傀儡《くぐつ》のようなもんやないか。将軍の大忠臣であるいう顔して上洛した信長が、実は大謀反人かもしれへんぞ」

仮にも将軍が居する二条城であることも憚《はばか》らず、源四郎は放胆なことを言ってのけた。さすがに友松も肝《きも》を冷やして、

「とんでもないことを言われる」

と苦い顔になった。源四郎はにやりと笑った。

「友松は相変わらず、覚悟が足らんな。還俗して武士になろうか絵師になろうかと

迷うてるんやろけど、武士も絵師もどっちも修羅の道やいうことを心得とかんと、とんだしくじりをするぞ」

友松は目を鋭くした。

「絵師もまた、修羅の道と言われるか」

「そないなことも心得ずに絵を描いているんか。武士は槍や弓矢、刀で戦うけど絵師は絵筆で戦う。おのれが思う絵が描けるかどうかは戦とおんなじや」

源四郎は昂然《こうぜん》として言った。自らの絵に誇りを抱き、相手が将軍であろうとも歯《し》牙《が》にもかけていない。

（なるほど、これが狩野か――）

幕府お抱え絵師であるということで、人々に崇《あが》められているだけの絵師ではないのだな、とあらためて思った。友松は源四郎の目を見つめて言った。

「いつかお教えいただきに参ろう」

「ほんまにそう思っているんか」

源四郎は首をかしげて言った。

「嘘《うそ》は申さぬ。絵師の道が修羅であるというお言葉、たしかに承《うけたまわ》った。拙僧もいずれ修羅の絵を描こうと存ずる」

友松はきっぱりと言った。

「わかったけど、そのときは勝手気ままな絵を描くことは許さんぞ。絵師の天下を統《す》べるのは、わが狩野や。狩野に逆《さか》らえば絵師として生きられぬと心得とけ」

源四郎は笑って背を向けると門をくぐって外に出ていった。

東福寺へ戻った友松はひさしぶりに絵筆をとった。

源四郎が言った、絵師もまた修羅であるという言葉が耳に残っていた。紙に向かい、絵筆を走らせて描いたのは、不動明王だった。

火炎を背に、この世の悪を見据える不動明王はたしかに足利義昭を擁《よう》して上洛した織田信長に見えた。

（信長はまことに不動明王として、この世の悪を成敗《せいばい》するのであろうか。それとも自らが悪の化身《けしん》となるのか）

それは、わからぬことだ、と友松は思った。

十一

翌日——

恵瓊が友松の塔頭を訪ねてきた。

「ひさしぶりだな」

座敷で向かい合った友松が言うと、恵瓊は日焼けした顔をほころばせた。

「さようでございます。毛利様の軍勢とともに九州に行っておりましたから」

「お主も九州か」

源四郎が、大友家の仕事をするため九州に行くと言っていたことを友松は思い出した。

「ほかの方も九州へ行かれているのですか」

「いや、たいしたことではない。それよりもお主、毛利の軍勢に加わって何をしてきたのだ。戦にでも出たのか」

とんでもないと手を振ってから恵瓊は答えた。

「何の、わたしがいたしたのは外交でございます。筑前の豪族たちを調略《ちょうりゃく》して参ったのです」

得意げに言う恵瓊の顔を見て友松は笑った。

「なるほど、どうやら一人前の外交僧になったようだな」

大真面目《おおまじめ》な顔で恵瓊はうなずいた。

「さようでございます」

尼子氏を亡ぼした毛利は、永禄十一年（一五六八）には四国に渡り、伊予を攻めつつ、九州にも手を伸ばしていた。

毛利は永禄七年に豊後の守護大名、大友宗麟と和睦してから、平穏を保《たも》っていたが、毛利の力が強大になるにつれ、筑前の豪族たちのうち、

宗像氏貞《むなかたうじさだ》
秋月種実《あきづきたねざね》
高橋鑑種《たかはしあきたね》
立花鑑載《たちばなあきとし》

といった面々がなびき始めていた。これを好機と見た毛利元就は、息子の吉川元春、小早川隆景に、軍勢を率いて九州へ向かわせた。

恵瓊はこの軍勢に加わって九州へ赴き、筑前の豪族たちを毛利に味方させるべく説いてまわった。

さらに肥前《ひぜん》の龍造寺隆信《りゅうぞうじたかのぶ》、肥後《ひご》の菊池則直《きくちのりなお》ら大友に抗《あらが》う勢力への使者となった。

恵瓊の働きで筑前の豪族たちが味方したのを見極《みきわ》めると、元就は本営を長門《ながと》の長府《ちょうふ》（下関《しものせき》）に進め、海峡を挟んで九州を睨みつつ、続々と兵を送り込んだ。

今年三月には大友方の筑前立花城を大軍で囲んだ。しかし、これを見て大友も黙ってはおらず、急きょ援軍を派遣《はけん》した。

「いや、立花城を落とすのは容易《ようい》ではありません。そこで城を取り巻く陣の外側に堀をめぐらし、柵《さく》を設けてあたかも砦《とりで》のようにいたしましたが、これはわたしが小早川隆景様に申し上げたものです」

恵瓊の自慢話を友松は退屈そうに聞いていたが、ふと口を開いた。

「しかし、それほど戦で働いておるお主がなぜ京に戻ってきたのだ」

「それはでございます」

毛利が九州攻めを行っている間に上洛を果たした織田信長の動きを探ることと、もうひとつ気になる動きがあるのだ、と恵瓊は話した。

恵瓊は都合のよいことだけを話したが、九州での立花城攻防戦で毛利は大友に苦しめられていた。

毛利は立花城を首尾よくわが物としたが、これを大友勢が逆に囲む形になったのだ。

大友は鎌倉《かまくら》以来の守護大名で当主の宗麟はキリシタン大名として知られる。進取の気性《きしょう》に富み、外交の手練《てだ》れでもあった。

また、代々、大友家に仕えてきた家臣団は勇猛《ゆうもう》で、宗麟は豊後のほか、豊前、筑前、筑後《ちくご》、肥前、肥後の六カ国に進出して北部九州での支配権を確立しようとしていた。

毛利が立花城を囲んだという報せを受けて宗麟が派遣した援軍は四万だった。しかも大友勢は大量の鉄砲を持っていた。

宗麟はキリスト教宣教師のイエズス会を通じてポルトガル船を豊後の港に呼び寄せ、鉄砲や火薬を購入していた。宗麟がキリシタンとなったのは、南蛮船《なんばんせん》との交易《こうえき》の利を得たかったからだとも言われる。

一方、毛利は元就がキリシタンを嫌い、このため鉄砲もわずかしか持っていなかった。火器の戦いになると、毛利勢は大友勢に圧倒された。

毛利勢は閏《うるう》五月には立花城を落としたが、大友勢は引き揚げようとはせず、戦いは長引いていた。しかも九州に大軍を釘《くぎ》づけされている間に京では織田信長が上洛した。

毛利は九州からの撤退を検討し始めており、それに先立って恵瓊は京の情勢を探りに戻ったのだ。

「気になる動きとは何だ。もったいぶらずに申せ」

友松がうながすと恵瓊は唇を舌で湿《しめ》してから、

「尼子の残党の動きでございます」

「尼子の残党――」

東福寺にいた天雲が山中鹿之助らに擁されて中国へ向かったことを思い出した。

天雲は名を、

――尼子勝久
と改めたはずだ。

恵瓊は鋭い目で友松を見た。

「尼子の残党について友松殿はご存じではありませんか。山中鹿之助ら尼子の旧臣が東福寺にいた尼子の血筋の者を担《かつ》ぎ出したそうでございますが」

「さてな」

友松が顔をそむけると、恵瓊はにこりと笑った。

「とぼけられては困ります。東福寺にいた天雲なる者が、いまでは尼子勝久と名乗り、尼子の残党を率いておるそうです。その天雲を尼子の残党と思しき武士たちが訪ねてきたとき、友松殿と話をしていたのを見た者がおりますぞ」

「知っているなら訊かずともよかろう」

友松は不機嫌《ふきげん》な表情になった。

「いえ、わたしは詮索《せんさく》いたしておるわけではありません。友松殿に、お頼みいたしたいことがあるのでございます」

「頼みだと？」

「はい、中国筋に赴き、尼子の残党の動きを見てきていただきたいのです」

平然として恵瓊は言った。

「断る。わたしは間者《かんじゃ》になるつもりはない」

友松はあっさりと言ってのけた。

「何も間者になって欲しいというわけではございません。ただ、友松殿が見たものをわたしに話していただければいいのです。話したくないことがあれば、無理に訊いたりなどはいたしません」

熱心に恵瓊は言い募《つの》った。友松はじろりと恵瓊を見据えた。

「それでは間者として役には立たぬではないか」

「いいえ、友松殿が話したくないことがあれば、それは何であろうかと推察をめぐらすのが、わたしの役目です。友松殿が何かを感じたのだ、ということを知れば、それだけでも毛利のために役に立ちます」

「そんなものかな」

友松はそっぽを向いて考えた。間者になる気など毛頭《もうとう》なかったが、尼子残党の山中鹿之助たちがどのような戦いをするかを見てみたいと思った。

いまや中国の覇者となった毛利元就は常の謀略《ぼうりゃく》を用い、ひとを陥《おとしい》れ、裏切らせて大をなしてきた。

武士としての美しい戦いをしてきたとは言い難《がた》い。

さらに、足利義昭を奉じて上洛を果たした織田信長も、役に立ちさえすれば悪人でも用いるようだ。いずれも武士としての美しさには欠けるだろう。それだけに尼子の戦いを見てみたい。そして「蛟龍」である明智光秀に武士の美しき戦いを伝えることができれば、と友松は思った。

友松は恵瓊に顔を向けた。

「路銀《ろぎん》は出るのか」

「いかほどでも」

恵瓊は満面の笑みを浮かべて言った。

六月になって、友松は笠を被り墨染めの衣で錫杖《しゃくじょう》を手に出雲へ向かった。

「尼子勢が動くとすれば、まずかつて領国だった出雲でしょう」

という恵瓊の言葉に従った。

出雲に入って間もなく、尼子党がすでに決起したことを聞いた。

尼子勝久を擁した立原久綱《ひさつな》（源太兵衛尉）、山中鹿之助、横道兵庫助《よこみちひょうごのすけ》ら二百名の尼子党は但馬《たじま》水軍の奈佐日本之助《なさやまとのすけ》の助けを借りて隠岐島《おきのしま》に渡り、毛利の動きを見定めてから海を渡った。

尼子党が上陸したのは、島根《しまね》半島の千酌《ちくみ》湾だった。

そのまま山に入り、海沿いにある忠山《ちゅうやま》に籠もった。尼子党が決起したとの報せはすぐに各地に飛び、尼子旧臣たちが続々と集まってきた。その数、三千。

尼子党は勢いを増して、さらに内陸の新山城《しんやまじょう》に籠もると、軍勢をととのえてから、かつての尼子氏の居城、月山富田城を奪還すべく攻め寄せた。

そして、尼子党はいまも月山富田城を包囲している、と聞いた友松は道を急いだ。先ごろまで東福寺の僧だった尼子勝久が一軍の将として城攻めをしているのだ、と思うと身の内が熱くなるほど興奮してきた。

（還俗すれば、わたしも将として兵を率い、戦に臨めるのだろうか）

友松は足取りも軽く月山富田城を目指した。やがて城が近づいたかと思ったこ

ろ、山道沿いの林の中から、

「待てっ」

と男の声がして、ばらばらっと軍兵が出てきた。皆、槍を持っているものの、具足などはてんでんばらばらで衣類も粗末《そまつ》なところを見ると、尼子党の決起を聞いて馳せ参じた尼子旧臣たちだろう。

「怪《あや》しい坊主だ。毛利の間者であろう」

髭面《ひげづら》の男が近づいてきて睨みつけた。

「わたしは京の東福寺で尼子勝久様と同輩であった友松という者だ。此度、尼子様が兵を挙げられたと聞いてお祝いに参じた。本陣に案内してくれ」

友松が大声で言うと兵たちは顔を寄せ合って話していたが、髭面の男が振り向いて、

「偽《いつわ》りではあるまいな」

と念を押した。

「間違いない」

友松は大声で答えた。兵たちはうなずいて、友松を引っ立てるようにして本陣へ案内した。

月山富田城はかつて八カ国に勢威を振るった尼子氏の居城であり、難攻不落の名城として知られていた。

いまの守将は毛利の家臣、天野隆重《あまのたかしげ》である。

菅谷口《すがたにぐち》と御子守口《おこもりぐち》、塩谷口《しおだにぐち》の三方面だけが攻め口で、敵兵が城内に攻め入ってもさらに上の山中御殿《さんちゅうごてん》で防ぎ、そこが落ちても、月山に登って防いだ。月山の頂上は常に守りを固めており、かつて落城したことがない。

尼子旧臣は月山富田城が名城であることを熟知しているだけに、包囲しての兵糧攻めを行っているようだった。

本陣は山中の無人の古寺に置かれていた。

兵たちに連れてこられた友松を見て、黒の具足に身を固めた武士が、

「おお、やはりあのおりの御仁か」

と野太《のぶと》い声で言った。山中鹿之助だった。友松は頭を下げて、

「此度は旗揚《はたあ》げおめでとうござる。お祝いを申し上げに参りました」

と言った。

「ほう、旗揚げを祝いに、京からかような山中にまで来られたか」

鹿之助は目を光らせて疑うように見た。

「いかにもさようでござる」

平然と答える友松をじっと見つめていた鹿之助は、不意ににこりとした。

「殿に会《お》うていただこう。懐《なつ》かしがられようほどにな」

鹿之助は先に立って友松を案内して、床が埃だらけの本堂に連れていった。

尼子勝久は具足の上から赤い陣羽織《じんばおり》を着て床几《しょうぎ》に座っていた。

「殿、東福寺の友松殿でござる」

鹿之助が伝えると、勝久は顔をほころばせて床几から立ち上がった。

「おお、よく来てくだされた」

勝久は友松の手をとって涙ぐんだ。

「ご立派な武将になられましたな」

友松は思わず、感嘆の声を上げた。勝久は頭を横に振って恥ずかしげに答える。

「なんの、形ばかりでござる。わたしは床几に座っているだけで、戦のことはすべて山中たちがしてくれますゆえ」

「なんの、それこそが大将たる者の本分でございましょう。戦はご家来にまかせてこそ動きましょう」

鹿之助は小姓に床几をふたつ持ってこさせると、友松にも勧めて座った。そして、ゆっくりと口を開いた。

「殿、東福寺に恵瓊なる僧がいたことを覚えておられますか」

勝久は首をかしげて考えてから、

「ああ、覚えておる。いまは毛利の外交僧となっているのではなかったか」

鹿之助は深々とうなずいた。

「さようでござる。出雲にて旗揚げしたわれらの動きを最も知りたく思っているのは、毛利の外交僧の恵瓊でござろう。その恵瓊がいる東福寺から友松殿がかような戦場にまで来られたのは、まことに怪しゅうござる」

鹿之助はじろりと友松を睨んだ。勝久はあわてて手を上げて制した。

「山中、何を申す。友松殿はさような方ではない。無礼《ぶれい》じゃぞ」

友松は勝久に頭を下げた。

「いや、山中殿は間違ってはおられません。たしかに拙僧は恵瓊殿より尼子様の動きを見てきてくれと頼まれ、路銀までもらいました」

「なんと」

勝久は目を丸くした。

「されど、拙僧は恵瓊殿とは違い申す。大名の手先となる外交僧になるつもりはありません。恵瓊殿も、拙僧がしゃべりたくないことはしゃべらずともよい、ただ、見てきてくれればよい、と言われた。それゆえ、ここに参っただけのことでござる」

淡々と友松が言うのを聞いて鹿之助は笑った。

「それならば、何のために参られたのです。戦場ではいかなることがあって、命を落とすことになるかわかりませんぞ」

友松は静かに言った。

「見たいものがござる」

「戦場で見たいものとは何でござろうか」

鹿之助は訝《いぶか》るように言った。

「武士の美しき戦でござろうか」

友松は考えつつ言った。勝久は膝を叩いた。

「それは面白い。わたしが還俗いたしてまで旗揚げいたしたのは、何より謀を用いる毛利元就の戦ぶりを汚《きたな》いと思ったからでござる」

深々とうなずいた友松は、生真面目な表情で、

「だからこそ、拙僧は尼子党の戦いを見たいのでござる」

と言った。鹿之助は苦笑して答える。

「戦は美しいか汚いかでするものではござらぬが、さりとて、まったくそれを感じないようでは武士とは申せますまい。友松殿がさように思われるのであれば、われらの戦を存分にご覧になられるがよい」

されば、と言って友松は鹿之助に顔を向けた。

「いささか気になることがござるが、お訊きしてもよろしゅうござるか」

「何なりと」

鹿之助はうなずいた。

「月山富田城は天下の名城で、かつて誰も落としたことがないと聞いております。おそらく数万の兵で攻めねば落ちないのではありませぬか。そのことをご存じのはずの尼子の方々が、数千の兵で兵糧攻めをされているのはなぜでござろう。毛利の後詰《ごづ》めが来れば危ういことになるのではありませんか」

友松が訊くと、鹿之助はちらりと勝久を見てから口を開いた。

「われらの狙いは月山富田城を落とすことではなく、毛利をおびき寄せることにあるのです」

「毛利を九州から呼び戻すと言われますか」

友松は目を丸くした。あえて、大敵の毛利をおびき寄せようとは、どういうことなのだろう。

「われらはすでに備前《びぜん》、播磨《はりま》の浦上宗景《うらがみむねかげ》、宇喜多直家《うきたなおいえ》と結んでいる。さらに、これまで毛利についていた伊予能島《のしま》の水軍を率いる村上武吉《むらかみたけよし》もわれらに通じておるのです。われらが月山富田城を囲んでおれば、毛利は九州を引き揚げてこなければならなくなる。そうなれば大友が追撃し、浦上、宇喜多、村上も毛利に襲いかかる手はずだ。いわばわれらは月山富田城を包囲しているように見せかけながら、実は毛利を包囲しようとしているのでござる」

鹿之助の淡々とした説明を聞いて、友松はうめいた。

「なるほど、やはり戦上手の考える策は違うものですな」

友松はあたかも眼前に、巨獣《きょじゅう》の毛利がまわりを大勢の猟師《りょうし》に取り囲まれているのを見る気がした。

十二

筑前の立花城に籠もって大友勢と対峙していた毛利の吉川元春と小早川隆景が夜《や》

陰《いん》に乗じて本国へ引き揚げ始めたのは、この年、十月十五日のことだった。

時雨《しぐれ》が降り、暁《あかつき》には雪交《ま》じりの強い風が吹く、寒気厳しい日だった。

本国に向かう毛利勢の中には恵瓊もいた。

恵瓊は立花城を拠点に筑前の豪族たちの調略を行ってきたが、ついに戦局を好転させることができなかったことに失意の念を抱いていた。それだけに、出雲に乱入して毛利の背後を脅《おびや》かした尼子党への憎しみは募った。

出雲に送り込んだ友松からは、何の連絡もなく、そのことも苛立たしかった。

（せっかく仕事を与えて世に出るきっかけにしてやろうと思ったに、役に立たぬひとだ）

友松の顔が脳裏に浮かび、腹立たしかった。だが、恵瓊は諦めなかった。

毛利氏の本拠、吉田郡山城に戻ると、毛利元就は恵瓊のこれまでの働きを認めて安芸安国寺の住職として寺領二百石を与えた。

安国寺は恵瓊にとって実家の安芸武田家の居城があった銀山《かなやま》にほど近い。いわば故郷といってもいい場所だった。

そこに寺を得たことは恵瓊を喜ばせた。このときから、世間では恵瓊を、

——安国寺恵瓊

と呼ぶようになるのだ。

（それにしても友松殿はどうしているのか）

ぷっつりと消息を絶った友松のことが気にかかるのだった。

そのころ、友松は尼子党の居城である末次城《すえつぐじょう》にいた。

尼子党は月山富田城の包囲は続けていたが、無理に攻め寄せることはなく、毛利の出方を待っていた。

その間、友松は包囲陣にいてもしかたがないため、新山城で絵を描いて過ごしていた。墨で描くのは山水風景画である。まわりの峰々《みねみね》を描き、雪舟に似せた絵を描いているとなぜか心が落ち着いた。そんなとき、友松は、やはり、自分は絵師として生きるほうが向いているのではないか、と思った。

ふと、毛利の陣営にいるであろう、恵瓊のことを思い出すことがあった。

（恵瓊は毛利の外交僧として生きることで、おのれを表そうとしているのであろう）

だとすれば絵を描くことも外交僧として生きることも同じようなことなのかもしれない、と思うのだった。

友松が絵を描いていると、たまに勝久がやってくることがあった。勝久は友松の絵をしばらく眺めては微笑して本陣へと帰っていく。

そんなことが何度か繰り返されたが、ある日、友松が、

「拙僧の絵を見て面白うございますか」

と訊いた。勝久はうなずいて答えた。

「わたしたちのいる場所がかように静かに描かれているのを見ると心が鎮《しず》まる」

「さようですか。拙僧には勝久様はいつも心静かにしておられるように見えまするが」

友松は絵筆を手にしたまま言った。

「いや、さようなことはない。戦をいたすからには、常に生死の覚悟をしなければならない。ある日、覚悟が定まったかと思っても、次の日にはゆらいでいる。武将とはやはり、修羅を生きるものだな」

友松は狩野源四郎が絵師もまた修羅を生きると言ったことを思い出した。武士と絵師の生き方は同じようでもあり、違うようでもある。

どこが違うのであろう、と考えながら友松が絵筆を運んでいると、勝久がぽつりと言った。

「それでも、わたしにも主君たる者の覚悟は見えてきた気がする」

友松は絵筆を止めて勝久の顔を見た。

「それはいかなることでございましょうか」

「主君は勝ち戦のおりには、何もすることがない。戦に長けた家臣たちにまかせておけばよいのだからな」

「さようでございますか」

「だが、負け戦になったならば、すべての責めを負うて主君は腹を切り、家臣たちを生かしてやらねばならぬ」

勝久はきっぱりと言った。

「しかし、山中様たちはご主君を守られましょう。決して自分たちが助かりたいがために、主君に腹を切らせるような真似はしないと存じますぞ」

「いや、家臣を守るのは主君の務めだ。だからこそ、家臣たちは主君のために命がけで働いてくれるのだからな」

微笑して言い残し、勝久はそのまま去っていった。友松は呆然として勝久を見送るしかなかった。

年が明け、永禄十三年（一五七〇）になって毛利は元就の孫である毛利輝元《てるもと》を総大将に、吉川元春、小早川隆景が脇を固めて出雲に出陣した。

毛利勢は尼子勢に囲まれた月山富田城の救援に向かった。その数、一万三千。

冬の寒さが続き、月山富田城の周囲の山頂から田畑も雪でおおわれていた。

毛利勢が迫っていることを知った尼子勢は月山富田城の包囲を解き、大軍を迎え討つのに有利な狭隘《きょうあい》な地形に六千の兵を潜めて待ち受けた。

二月十四日早暁――

雪が降りしきる中、毛利勢が進軍してくると尼子勢は道の周辺から群《むら》がり起《た》って襲いかかった。

山中鹿之助は槍を片手に馬を駆って毛利勢に突っ込んだ。大槍を振るう鹿之助の勢いは凄《すさ》まじく、兵たちも、

「山中様に続け――」

と叫びながら毛利勢に突きかかった。これにたまらず、毛利勢は退いて三里ほど戻った。死屍累々《ししるいるい》として見るに堪《た》えなかった。

鹿の角立《つのだて》の兜を被った鹿之助は馬を乗り回しつつ、

「油断いたすな。しつこい毛利のことだ。いまので終わりではない。まだまだ来るぞ。休んで備えよ」

と呼ばわった。

一刻《いっとき》（二時間）後——

はたして、先ほど退いた場所に毛利勢は戻ってきた。

法螺貝《ほらがい》を吹き鳴らし、太鼓《たいこ》を打って威嚇《いかく》しながら、黒い塊《かたまり》のようになって毛利勢は進んでくる。先頭に弓隊が進み、一町《ちょう》（約百九メートル）ほどに近づくと、弓矢を射かけてきた。尼子勢も弓矢で応じたが、兵数で勝る毛利勢の弓矢にはおよばない。

やがてころはよし、と見た毛利勢の足軽たちが槍を連《つら》ねて突き進んだ。ところが進むうちに悲鳴が上がった。道には落とし穴が掘られており、足軽たちは転落した。穴の底には斜めに削《そ》いだ竹が埋め込まれており、落ちた足軽たちは串《くし》刺《ざ》しになっていた。

先頭の足軽たちが穴に落ちたため毛利勢の動きが止まったところに、まわりの林の中から尼子勢が飛び出してきて、毛利勢の横腹を突いた。

鹿之助がまたしても先頭になって大槍を振るって荒れ狂い、毛利勢を蹴《け》散《ち》らしていった。しかし、もみ合うような激闘が続き、昼過ぎになったとき、兵数が少ない尼子勢に疲れが見え始めた。

毛利勢はなおも新手《あらて》を繰り出して、じわじわと尼子勢を攻めたてる。ようやく不利を悟った鹿之助が、やむなく、

――退《ひ》け

と采配《さいはい》を振るうと、その瞬間を逃さず、毛利勢は突き進んだ。退《しりぞ》きにかかっていた尼子勢は一気に崩れた。

尼子勢は敗れて、末次城へと逃げ込んだ。

二月二十四日――

吉川元春率いる毛利勢が末次城に攻め寄せ、勝久はやむなく落ち延びた。

末次城にいた友松も混乱に紛《まぎ》れて城を出た。

勝久たちのことが気にかかりつつも、城を出た友松は京へ向かった。

翌元亀《げんき》二年（一五七一）六月――

毛利元就が病没した。これにともない、毛利家は輝元が名実ともに家督を継いで、吉川元春と小早川隆景が補佐する形になった。

同年十二月――

恵瓊は輝元の命により、上洛して信長に拝謁《はいえつ》することになった。

京に入った恵瓊は宿舎を東福寺に求めた。

恵瓊は東福寺に赴いて、従僕《じゅうぼく》が荷を下ろしている間にかつて友松が居していた塔頭を訪ねた。

まさかと思っていたが、塔頭には友松がいて、奥座敷で絵を描いていた。

恵瓊は友松のそばにすわり、

「おひさしぶりでございます」

と挨拶した。

友松は絵筆を持った手を止めず、

「安芸の安国寺を毛利からもらったそうだな」

と言った。

「さようです」

「とうとう毛利に召《め》し抱えられたということか」

「毛利の外交僧として織田様に面会するため上洛して参ったのですから、そう言われてもやむを得ませんな」

恵瓊があっさり答えると、友松はふんと嗤った。

「何となく偉《えら》そうになって戻ってきたな」

「友松殿こそ、どうされたのです。出雲に行かれてから、何の連絡もありませんでしたが」

恵瓊は友松をうかがうように見た。

「話したくないことは、話さなくともよいと言ったではないか。何もかも話すのが嫌《いや》だったから、手紙も書かなかっただけの話だ」

何でもないことのように友松は言った。

「出雲ではどこにおられたのです」

「尼子の本拠である末次城だ。もっとも、毛利に攻められて逃げ出したのだが」

「なるほど、尼子方につかれたというわけですな」

「いや、尼子党の戦ぶりを見物していただけだ。そのおりにこの目で見たものをいま描いておる」

言われて、恵瓊は覗き込んだが、あっと声を上げた。

敵、味方が争って激しい戦闘を繰り広げている絵だったが、まわりの農家では裸《はだか》の男女が兵によって殺され、赤子《あかご》や幼子が血に染まって倒れている。

「これは――」

恵瓊は息を呑んだ。

「戦場に出てから見たものを描いたのだ。争いで死んでいくのは、武家だけではない。百姓や町人も殺されていくのだな」

ため息をついて友松は言った。

「さようなことは――」

恵瓊は言いかけてから口をつぐんだ。友松は恵瓊の目を覗き込むようにして言った。

「さようなことは、の次は何なのだ」

恵瓊は観念したように答えた。

「知ってどうなるものでもありません。ですから知らないほうがよいのです」

「そうか、しかし、わたしはそうはいかんのだ」

「どうしてでしょうか」

恵瓊は青ざめて問うた。

「見てしまったからだ。わたしは絵師ゆえ、見たものは描かねばならんのだ」

しみじみと言って、友松は筆を置いた。

「しかし、友松殿が描きたかったのは、武士の美しさなのではなかったのですか」

「たしかにそうだが、どのような美しさも目の前にあるものを見ずにすましては、描くことはできぬ」

友松は恵瓊を見据えて言った。

このときの上洛で恵瓊は初めて織田信長に会った。

信長は恵瓊に会うなり、

「そなたが毛利の外交僧か」

と、いきなり甲高《かんだか》い声で言った。

「さようにございます」

恵瓊が頭を下げると、何がおかしいのか、信長はからからと笑った。

恵瓊は恐る恐る顔を上げた。すると、信長と目と目があった。

「毛利はわしの敵か味方か」

信長はいきなり怒鳴りつけるように言った。恵瓊は思わず、

「お味方でございます」

と答えた。

信長は恵瓊の言葉を聞くなり、言葉を発した。

「それは重畳《ちょうじょう》である」

恵瓊は全身に冷や汗をかいていた。

（なぜ、信長を恐れるのだ）

毛利家では元就はじめ、吉川元春や小早川隆景と、どんなに話しても決して恐れるようなことはなかった。

しかし、信長は恐ろしい。

信長の異常に鋭い目に射《い》すくめられた恵瓊は、這《ほ》う這《ほ》うの体《てい》で東福寺に戻り、友松に挨拶もせずに安芸へ戻っていった。

十三

恵瓊が織田信長に面会したものの尻尾《しっぽ》を巻くようにして安芸へ帰ったことは、すぐに友松の耳に入った。

（恵瓊め、よほど信長が恐ろしかったとみえる）

友松は腹の中で嘲笑《あざわら》ったが、同時に気になることがあった。信長が法華宗《ほっけしゅう》の総本山である妙覚寺《みょうかくじ》を宿舎にしているということだった。

（信長は仏敵ではないか。なぜ、法華宗は唯々諾々《いいだくだく》と信長に従うのだ）

元亀二年（一五七一）九月、信長は比叡山を焼き討ちしていた。

信長は前年六月に、宿敵である浅井長政と朝倉義景の連合軍に姉川《あねがわ》の戦いで勝った。

だが、その後、浅井、朝倉連合軍は比叡山に立て籠もるなどして信長に抗していた。さらに近江の六角義賢や三好三人衆も信長への攻勢を強めており、石山本願寺を率いる顕如《けんにょ》は、門徒に信長追討を号令していた。

信長はこの苦境から脱するには、包囲網の要《かなめ》となっている比叡山を討つしかないと考えた。

比叡山は鎮護《ちんご》国家の寺としての宗教的権威を持つだけでなく、北陸路と東国路が交差し、山麓に数万の兵を擁することができる戦略的な拠点《きょてん》でもあった。

夜中に比叡山の東麓を三万の軍勢で取り巻き、早朝になって、織田信長は全軍に総攻撃を命じた。『信長公記《しんちょうこうき》』では、比叡山焼き討ちについて、

――叡山を取詰め、根本中堂《こんぽんちゅうどう》、山王《さんのう》二十一社を初め奉《たてまつ》り、霊仏《れいぶつ》、零社、僧坊、経巻《きょうかん》一宇《う》も残さず、一時に雲霞《うんか》のごとく焼き拂い、灰燼《かいじん》の地となすこそ哀《あわ》れなれ、（中略）、僧俗、児童、智者、上人《しょうにん》、一々に頸《くび》をきり、

比叡山延暦寺《えんりやくじ》の建物をことごとく焼き払い、僧侶、俗人、子供であれ、ことごとく首を斬ったと記している。

凄まじい惨状だった。比叡山は天台宗《てんだいしゅう》の本山として帝からも崇敬《すうけい》されてきた。だが、信長は鎧袖一触《がいしゅういっしょく》、炎に包ませたのだ。この報せは京の寺院を駆けめぐり、

「叡山でさえ、そんな目に遭《あ》わされるのか」

と僧侶たちを震え上がらせた。

戦国時代の京の寺院は、宗教間の争いに備えて濠《ほり》をめぐらし、兵も蓄えていた。中でも比叡山は、源平争乱のころから僧兵が朝廷ですら侮《あなど》り難い力を発揮してきたのだ。その比叡山が焼き討ちに遭ったということは、そのほかの寺院も逆らえば、こうなるぞと見せつけられたのも同然だった。

そんな中、法華宗が信長の宿舎として寺院を提供しているのは、なぜなのか、と友松は疑問に思った。

信長が足利義昭を擁して上洛した際、仮御所《かりごしょ》としたのは、法華宗の本圀寺《ほんこくじ》である。信長が、義昭を本圀寺に残していったん帰国すると、三好三人衆が本圀寺を襲撃し、明智光秀らがこれを撃退《げきたい》する「本圀寺の変」も起きている。

（あるいは法華宗は、いまだに天文の乱を恨みに思っているのだろうか）

友松は首をひねった。

天文五年（一五三六）、比叡山の僧兵と近江の六角氏の軍勢が洛中に乱入し、京の法華宗二十一本山を焼き討ちした。この乱を俗に、

――天文法華の乱

と呼ぶ。法華宗は宗祖日蓮《にちれん》が法華経を第一とする信念から、布教の際に、

――真言亡国《しんごんぼうこく》
禅天魔《ぜんてんま》
念仏無間《ねんぶつむげん》
律国賊《りつこくぞく》

などと真言宗、禅宗、浄土真宗、律宗を攻撃したため他宗との軋轢《あつれき》が絶えなかった。

この年二月、比叡山の僧と法華宗門徒が宗論《しゅうろん》を行い、比叡山側が敗れた。比叡山ではこれに憤って、本願寺などに協力を求めて法華寺院に兵を派して攻めた。

比叡山側の軍勢は近江衆三万、山門三万、寺門三千とも言われ、法華宗側は、二、三万だったという。

激戦の末、法華宗二十一本山すべてが炎上し、法華宗諸本山は本尊聖教を背負って堺《さかい》に落ち延びた。京都法華宗諸本山が堺から京への帰還を勅許されたのは天文十一年、およそ三十年前のことだ。

言わば法華宗にとって、比叡山や本願寺は宿敵だった。

信長が比叡山を焼き討ちし、本願寺もまた敵としていることは、法華宗にとって好ましいことかもしれない。

（だが、いかに宗論争いをしたからといって、仏敵の信長に味方するとはいかがなことか）

友松は慨嘆したが、しばらくして妙覚寺の貫主《かんじゅ》は美濃人である、という噂を聞いた。しかも、美濃で梟雄《きょうゆう》として名を馳せた斎藤道三の子であるという。

（道三の子が法華の僧になっているのか）

もともと斎藤道三自身が、妙覚寺で修行した僧であり、その後、還俗して油商人となって美濃に流れ、土岐家に仕えて成り上がったと言われていた。

その子が僧となり、妙覚寺の貫主となったとしても、不思議はない。だが、美濃を奪った信長が妙覚寺を宿舎としているのには、何かわけがあるのではないか。

そんなことを友松が考えていると、翌元亀三年の一月、恵瓊がふたたび上洛してきた。

東福寺に入った恵瓊は、すぐに友松に会いに来た。

「去年は、信長に恐れをなして安芸へ逃げ戻ったと聞いたが、性懲《しょうこ》りもなく京に出て参ったのはどういうわけだ。信長が恐ろしくはなくなったのか」

塔頭の居室《きょしつ》で友松がからかうと、恵瓊は苦笑した。

「いや、いまでもあの男は苦手ですな。比叡山焼き討ちの所業を見ても、まさに魔《ま》王《おう》とでも呼ぶべき人物です」

「ならば、近寄らぬにこしたことはあるまい」

「さて、毛利家の外交僧としては、そうも参りません。虎穴《こけつ》に入らずんば虎児《こじ》を得ず、ですから」

恵瓊はにやりと笑った。友松の目が鋭くなった。

「此度、京に上ってきた狙いは何だ」

「毛利は備前に兵を入れます。そのことで織田の了解を得ておきたいのです」

「備前に兵を入れるとは、浦上、いや宇喜多直家を攻めるのか」

「はい。いよいよ、あの鵺《ぬえ》の如《ごと》き者を締《し》めあげてやることになります」

「なるほどな」

宇喜多直家は享禄《きょうろく》二年（一五二九）、備前宇喜多家に生まれた。この年、四十四である。

宇喜多家は備前国砥石城《といしじょう》の城主だったが、祖父が敗死した後、直家は父とともに邑久郡《おくごおり》福岡に逼塞《ひっそく》した。

直家は長じて浦上宗景《むねかげ》に仕え、しだいに実力を蓄えてきたが、謀に長け、邪魔になる者を謀殺《ぼうさつ》してのしあがり、主家をしのぐようになっていた。いわば毒刃《どくば》のような男だけに、毛利といえども油断できない相手だ。

「しかし、毛利、宇喜多、織田といずれも乱世の妖《あやかし》の如き者たちだな。かようなものばかりがはびこる世では、ろくな絵が描けぬ」

友松は嘆くように言った。

「いや、毛利家は妖ではござらん。元就様は謀を用いられましたが、すべては争いをなくし、平穏な世を築くためでございました」

「まことかのう」

友松が信じられぬというように笑うと、恵瓊は膝を乗り出した。

「さて、妖のひとりの織田信長のことでござるが、友松殿は信長が本圀寺や妙覚寺などの法華寺院を宿舎にいたすこと、妙だとは思いませぬか」

恵瓊はさすがに僧侶らしく、信長の法華宗贔屓《びいき》を不審《ふしん》に思っているようだ。

友松はつられてうなずいた。

「そのことはわたしも訝《いぶか》しく思っていた。妙覚寺の貫主は斎藤道三の子だというが、まことなのか」

恵瓊は深々とうなずく。

「日饒《にちじょう》上人と申されます。仏門に入る前は勘九郎《かんくろう》と申されたそうです」

「斎藤勘九郎――」

友松は何となく口の中でつぶやいた。

いかにも斎藤道三の息子らしい名前だと思った。道三が僧侶から還俗して美濃の国主となる道を歩んだことを思えば、いまは僧侶である日饒の胸にも、そんな野望があったとしても不思議ではない。

そんなことを友松が考えていると、恵瓊が口を開いた。

「信長の正室は斎藤道三の娘です。妙覚寺の日饒上人と信長は、義理の兄弟ということになります。しかし、ふたりの間には、世間に伝わらぬつながりがあるような気がいたします。そのことを友松殿に調べていただきたいのですが」

友松は目を丸くした。

「なぜ、わたしがそんなことをしなければならぬのだ」

「いえ、たいしたことをしていただくわけではありません。友松殿はいま、明智様に仕える斎藤内蔵助《くらのすけ》殿と親しくされておられたはずです。斎藤殿ならば、なぜ信長が斎藤道三の子である日饒上人が貫主を務める妙覚寺を宿舎とするのか、知っておられると存じます。要するに斎藤殿を訪ねて訊いていただきたいのです」

「さような間者のような真似はしたくない」

「間者ではございません。法華宗が信長と組んでおるとすれば、われら禅を修行いたす者にとって、一大事ですぞ。なぜなら法華にとって、われらは禅天魔なのですから」

「禅天魔か――」

友松は眉をひそめた。たしかに法華宗が信長と結びついているとすれば、ほかの宗派にとっては脅威《きようい》である。

「いかがです。毛利のためとは思わず、仏の道を守るためと思ってはいただけませぬか」

恵瓊は誘うように言った。

「言うわ」

友松はからりと笑ったが、そのときには、ひさしぶりに斎藤内蔵助に会おうというつもりになっていた。

このころ、斎藤内蔵助は光秀に従って京に出ていたが、妙覚寺は宿舎とせず、石谷屋敷を宿としていた。

好都合だと思った友松が訪ねていくと、幸いなことに内蔵助は石谷屋敷の奥座敷にいた。見れば、左足の甲に白い布を巻いている。

客間に通された友松は内蔵助の足の様子に気づいて、

「どうされました。怪我《けが》をされたか」

と訊いた。内蔵助は白い歯を見せて答える。

「お恥ずかしい。戦で手負《てお》うた。たいした傷ではないのだが、歩くのに難渋《なんじゅう》するゆえ、本陣《ほんじん》にはおらず、この屋敷におるのです」

「さようですか」

うなずいた友松は怪我人相手に長話は禁物《きんもつ》であろうと思って、さっそく本題の話を始めた。

内蔵助は黙って聞いていたが、しばらくして、ぽんと膝を叩いた。

「よいところに目をつけられましたな」

「ということは、やはり織田様と法華宗の間にはつながりがあるのですな」

友松は身を乗り出した。

内蔵助は深々とうなずいた。

「法華宗徒は京の商人が多いのです。法華と手を結べば矢銭《やぜに》（軍資金）が入ってくる。それに織田様は法華宗の本能寺も宿舎にされるが、本能寺は九州の種子島《たねがしま》に信徒を持っている。それゆえ、鉄砲や火薬を手に入れる便宜《べんぎ》を図ってもらえるようです」

「なんと」

「織田様は戦で鉄砲を使われる。そのために法華と手を組んだのかもしれませんな」

内蔵助はにやりと笑った。

上洛した信長は間もなく、本能寺について、

――定宿《じようやど》たるの間、余人の寄宿停止の事

と、本能寺を定宿として余人の寄宿を禁止する命令を出している。本能寺を通じての鉄砲、火薬の購入を独占するためだったかもしれない。

そこまで話した内蔵助は少しためらってから、

「さらに、おそらくは織田様の美濃取りと関わりがあることでござろうな」

と告げた。

「美濃取りと――」

友松は緊張した。

「妙覚寺の日饒上人のもとには、斎藤道三が最後に送った手紙が遺《のこ》されている。その手紙には、信長に美濃を譲ると認《したた》められているそうだ。つまり、その手紙は道三の遺言状《ゆいごんじょう》であり、信長に美濃を譲る証文《しょうもん》でもあるわけだ」

「それほどの手紙が妙覚寺にあるとなると、信長との結びつきが強いのも道理ですな」

「さよう、それが本物であるとするならばな」

内蔵助はひややかに言った。友松は目をむいた。

「本物ではないと言われるのか」

「かねてから偽書《ぎしょ》ではないかと囁かれているのだ」

内蔵助の目は鋭くなった。

十四

斎藤道三から日饒のもとに送られた手紙には、

――ついには織田上総介《かずさのすけ》の存分に任すべきの条、譲り状、信長に対して渡しつかわす。

と記《しる》されているらしいと内蔵助は話した。

「ですが、この譲り状について美濃の者はかねがね胡散臭《うさんくさ》く思って参った」

内蔵助は憤懣《ふんまん》ありげに言った。

「と申しますと」

友松は内蔵助をうかがい見た。

「譲り状とは、国主が出すものでござろう。しかし、道三は国主の土岐頼芸《よりよし》様を追い出して美濃一国を奪ったに過ぎぬ。斎藤家は美濃の守護代の家柄でござれば、せいぜいのところ、守護代になっただけでござる。土岐家に美濃を返上することはできても、他人に譲ることなどはできぬ。道三もそんなことはわかっておったはずゆえ、子供だましの譲り状などは出さなかったはずだ」

「なるほど、そう言われればそうですな」

美濃を乗っ取った斎藤道三は美濃に侵攻《しんこう》しようとする近隣勢力を撃退し、嫡男の義龍に家督を譲って隠居《いんきょ》した。

義龍は道三が追放した国主、土岐頼芸の子だという噂があった。

おりから道三と不仲になっていた義龍は、この噂を利用して弘治二年（一五五六）、父頼芸の仇《かたき》を報ずると称して、長良川での合戦で道三を討った。この際、娘《むすめ》婿《むこ》の織田信長は道三を救援する兵を発したが、長良川まで到達できなかった。

その後、信長は美濃への侵攻を繰り返したが、猛将の義龍にことごとく退けられた。

もし、義龍が長生きをしたら、信長は尾張の大名で終わったかもしれない。

永禄四年（一五六一）、義龍が三十五歳で病死すると、嫡男龍興《たつおき》がわずか十四歳で後を継いだ。

義龍の死後ほどなく、信長はまたもや美濃に侵攻した。翌永禄五年、翌々六年にも織田信長は美濃に兵を進めたが、なおも美濃は落ちなかった。

それでも信長は美濃攻略を諦めることはなく、斎藤家中に調略の手を伸ばした。

このころ、信長が盛んに唱《とな》えたのが、

「道三からの美濃の譲り状がある」

ということだった。

美濃の土豪たちは半信半疑ながらも、衰退《すいたい》する斎藤家を離れて信長につくための口実《こうじつ》にはなった。

永禄十年には安藤守就《あんどうもりなり》と稲葉一鉄《いなばいってつ》、氏家卜全《うじいえぼくぜん》のいわゆる「西美濃三人衆」が信長に通じ、万事窮《きゆう》した龍興はついに稲葉山城《いなばやまじょう》を捨てて河内長島《かわうちながしま》に退散した。

その後、龍興は美濃を取り戻そうと、京に上って三好三人衆と結び信長の入洛《にゆうらく》を妨げようと図った。さらに越前朝倉家に身を寄せた龍興は、いまなお信長に抗しているという。

龍興に心を寄せる美濃人はいまも少なくないだけに、信長が喧伝《けんでん》する、

――美濃譲り状
はいまなお重みがあったのだ。

内蔵助はゆっくりと口を開いた。

「正直申して、美濃斎藤家の者は代々、国を道三に乗っ取られ、さらに織田に奪われたことを快く思っておらぬ。されば、道三からの譲り状が偽書であるとなれば、心穏やかではなくなりましょうな」

友松はうかがうように内蔵助を見た。

「心穏やかでなくなるとはいかなることでしょうか」

内蔵助はあたりをうかがってから、

「織田から離反する者が出るかもしれぬということでござる」

と低い声で言った。

「ほう、面白い。さようなことになりますか」

「美濃は永年《ながねん》、尾張と戦ってきた。尾張に屈したことの無念は、誰もが胸に抱いておるところだ。些細《ささい》なきっかけでも、ひとの心は動く。特に、あの方は——」

言いかけて内蔵助は口ごもった。内蔵助が考え込む様子を見て友松は、当てずっぽうに、

「あの方とは明智様ですか」

と訊いた。内蔵助は苦笑した。

「友松殿はよくお見通しだ。織田様の正室として美濃から嫁された帰蝶様は、明智

様にとって従妹《いとこ》にあたられる。明智様は帰蝶様のことを常に案じておられるだけに、譲り状が偽物《にせもの》だとわかれば、織田様に疑いの気持を抱かれよう」

「ほう、いまの明智様は信長を信じておられるのか」

友松は首をかしげた。比叡山を焼き討ちにして老若男女《ろうにゃくなんにょ》をことごとく斬り捨てる信長の所業は、まさに悪鬼《あっき》だとしか思えない。

そんな信長を光秀は信じているのだろうか。

「道三が織田様に美濃を譲る気になったとすれば、それは帰蝶様が嫁した相手だからだということになります。譲り状が本物であれば、織田様は帰蝶様を大事にしているはずです。しかし、偽物だとすれば、織田様は詐略《さりやく》をもって美濃を奪ったことになる。だとすると、いわば美濃からの人質《ひとじち》であった帰蝶様を粗略《そりやく》にし、あるいは酷《むご》くあたっているかもしれぬ。もし、そうであるなら、明智様は織田様を許さないはずだ」

内蔵助の言葉は友松の耳に不気味《ぶきみ》に響いた。

「では、誰かが妙覚寺の譲り状を手に入れて、偽書であることを証し立てれば、明智様は謀反されるということですか」

友松が訊くと、内蔵助は間髪を容れずに答えた。

「謀反ではない。美濃を本来のあるべき姿に戻し、さらに永年、信長のもとで人質同然に暮らされてきた帰蝶様を救うのだ。もし、明智様が立つとすれば、そのためということになろう」

内蔵助は平然と言ってのけた後で、これは、埒《らち》もない、夢の話でござる、譲り状の真偽《しんぎ》など誰にわかるはずもない、と言い添えた。

だが、友松はあたかも内蔵助から譲り状の真偽を探ってくれと言われたような気がした。

(そんなことがわたしにできるはずもない)

友松は当惑《とうわく》するばかりだった。

石谷屋敷から東福寺に戻った友松を恵瓊は待ち受けていた。

「いかがでございました」

恵瓊は舌なめずりするようにして訊いた。

「何もわからなかった」

友松は無愛想《ぶあいそう》に答えた。恵瓊は、ふふ、と笑った。

「そんなことはない、と友松殿の顔には書いてございますよ」

友松は顔をつるりとなでてから、

「どこに書いてあるのだ」

ととぼけた。恵瓊は困った顔になると、大仰な口ぶりで言った。

「教えていただけませぬかな。さもないとわたしは明日、お役目が果たせなくなりそうです」

友松は少し考えてから、口を開いた。

「わかった。話してやろう」

友松は内蔵助から聞いた、斎藤道三の美濃譲り状が妙覚寺にあるという話をした。さらに譲り状が偽物だとわかれば、明智光秀ら美濃衆が離反するかもしれない、とも付け加えた。

熱心に聞いていた恵瓊は、友松が話し終えると大きく膝を叩いた。

「なるほど、その譲り状が偽物であることを証し立てることさえできれば、美濃衆に謀反を起こさせることができるというわけですな」

「とはいえ、さように簡単には参らぬであろう」

友松が抑えるように言うと、恵瓊はにやりと笑った。

「いや、ひとの心というものは、案外、小さなことで動きます。仕掛け方しだいでは、小さなことが引き返すことができぬほどの大事になるものでございます」

友松は感心しないという顔になった。

「そなたは外交僧を務めるようになって、ひとが悪くなったようだな。さようなあざとい考えは、仏門にいる者にはふさわしくあるまいぞ」

威厳《いげん》を込めて友松が言っても恵瓊は笑うばかりだった。

「拙僧には毛利の命運がかかっております。生き残るためには、仏の道ばかり歩くわけには参りません。時には悪鬼羅刹《らせつ》の道も行かねばならぬのです」

「となると、地獄は必定《ひつじょう》だな」

友松が脅《おど》すように言うと、恵瓊は落ち着いて答える。

「覚悟のうえでございます」

友松はううむ、とうなって黙り込んだ。恵瓊の胸の内はよくわからないが、思い定めたことがあり、生死の覚悟ができていることだけは伝わってきた。

(小才子《こざいし》だと思っていたが、侮れぬ)

友松はあらためて恵瓊を見つめた。

恵瓊は膝を乗り出した。

「妙覚寺にあるという斎藤道三の譲り状を手に入れることはできませんか」

「馬鹿な、禅僧であるわたしが妙覚寺に入り込むことなどできん」

友松はあきれたように言った。

「禅僧としては無理でも、絵師としてならいかがですか。友松殿は狩野派の絵師のひとりではありませんか。狩野派は幕府お抱え絵師として、京の寺の襖絵の注文が引きも切らぬはずです。絵師として妙覚寺に入り込んでいただけませんか」

恵瓊は執拗《しつよう》に迫った。

「わたしは狩野元信に絵を見てもらったが、かような絵は描かせぬとまで言われたのだ。とても狩野派とは言えぬ。できぬ相談だ」

友松ははねつけるように言った。そのとき、ふと、狩野源四郎ならば、このようなことを面白がるかもしれないと思った。

二条城で会った源四郎は、友松にその気があれば狩野派の絵師に加えてもよい、という口振りだった。

いま、源四郎は九州に赴いて大友家の襖絵を描いている。いずれ京に戻るだろうから、そのおりに妙覚寺の譲り状のことを話せば興味を抱くかもしれない、と思った。

だが、そんな考えを恵瓊に打ち明ければ、さらに利用されるに決まっている。

「無理なものは無理だぞ」

友松はあらためて恵瓊を睨みつけた。

恵瓊は鋭い目で友松を見返していたが、やがて、何か得心するところがあったのか、にこりとして、

「よろしくお願いいたします」

と言って頭を下げ、塔頭から去っていった。

友松は憮然《ぶぜん》として居室に残った。

この年、恵瓊を通じて織田信長の了承を得た毛利は、八月には備前に出兵した。このとき、宇喜多直家の勢力は備前の大半を占め、美作《みまさか》の一部、播磨の海岸線にまで及んでいた。だが、明敏《めいびん》な直家は毛利に抗し難いと見るや、すぐさま降伏した。

毛利は直家が表裏のある者だと十分に知っていた。

直家の降伏を受け入れるべきではないとする者も多かったが、恵瓊が上方《かみがた》への進出を早めるためでございます、と説得して回った。すでに織田信長が上洛して勢力を増している以上、中国に留まっているわけにはいかない。

元就は天下のことに関わるな、と遺言したが、信長はいずれ中国にも兵を出すに

違いない。そのときでは遅いのだ、という恵瓊の戦略は毛利輝元を動かした。

これを受けて直家との交渉には恵瓊があたった。直家に厳しい条件を呑ませ、屈服させたことで、恵瓊は外交の才を毛利に認めさせたのである。

翌天正元年（一五七三）は、甲斐の武田信玄が上洛の動きを見せ、それに呼応して、かねてから信長と不仲になっていた将軍足利義昭が挙兵するという大動乱の年になった。

義昭は挙兵したものの、信長に抗し難く京を追われた。このため、義昭は西国の雄である毛利を頼ろうとした。

毛利は否応《いやおう》なく上方での争いに引き寄せられたのである。

十五

狩野源四郎から友松のもとに使いが来て、上京《かみぎょう》の誓願寺通《せいがんじどお》りにある狩野屋敷に呼び出されたのは、天正元年夏のことだった。

友松が赴くと、屋敷は狩野派の門人たちがあわただしく荷をほどき、画材を運び込んでいた。友松が訪いを告げると、門人のひとりがきびきびと奥座敷に案内した。

友松が座って待つほどに、源四郎が出てきた。

源四郎は友松の前に座るなり、

「わたしは狩野家の家督を継いだ。これからは狩野永徳や。そう覚えておいてくれ」

と潑剌《はつらつ》とした口調で言った。永徳はこの年三十一歳になったが、若々しい風貌からは英気《えいき》があふれていた。

それに比べ友松はすでに四十一歳の齢《よわい》を数えながら、いまだに東福寺の塔頭暮らしで、絵師としても何を描いたということもない。源四郎は狩野永徳となり、恵瓊は毛利の外交僧としてはなばなしく働いている。しかし、自分には何もないとあらためて思うしかなかった。

（馬齢《ばれい》を重ねた、ということだな）

友松が黙っていると、永徳は声を高くして、

「今日、来てもらったのはほかでもない。わたしは織田様の仕事を引き受けることにした。だが、人手が足りひん。猫の手でも借りたいところやから、お主にも声をかけたんや。狩野派の絵師となれ」

と有無を言わせぬ口調だった。友松は反発も覚えたが、永徳の祖父元信がわずかばかり絵を教えたに過ぎぬ自分に声をかけてくれたことが嬉しくもあった。

「猫の手よりはましということですか」

友松が言うと、永徳は笑った。

「さて、それは使ってみねばわからん。ともかくいまは、絵筆を持てる者はひとりでも欲しいということや。織田様の仕事は大きなものになる。それでいて、人手が足らずに仕事が遅れれば、たちまち首が飛ぶやろう。言うならば戦場に出るつもりで仕事をせんならん。兵はひとりでも多いほうがええんや」

昂然とした永徳の言葉を聞いて、友松は思わず問い返した。

「以前に二条城でお会いしたときには、織田様のために働くつもりはないように見受けられましたが」

「あれは、織田様が将軍を擁して天下に号令しようとするのが気にくわんかったからや。将軍を京から追い出した織田様は、これから自らの力だけを頼りに天下を取るつもりやろう。絵師もおんなじや。頼るのはわが力だけや。そやから、わたしは織田様の仕事を引き受ける」

凜々と言い放った永徳は、それに、織田様はわたしの絵を認めてくれたのでな、と言い添えた。

「ほう、どのような絵が織田様の目に留まったのでございますか」

「それが、なんと〈洛中洛外図屛風《びょうぶ》〉や」

永徳は得意げに言った。

〈洛中洛外図屛風〉は応仁《おうにん》の乱で荒廃《こうはい》した京がしだいに復興していく様を描いたもので、このころ絵師たちが競って画題とした。京の四季、名所などを描いて、地方の大名の京への憧れをかき立てた。

永徳は将軍足利義輝の求めに応じて永禄八年（一五六五）に〈洛中洛外図屛風〉を描き上げた。ところが、この年、義輝は三好、松永の兵によって殺された。

このため永徳の〈洛中洛外図屛風〉が、どういう経緯で信長の手にはいったのかは、よくわからない。だが、信長は永徳の絵を気に入り、後に越後の上杉輝虎（謙信）への贈物としている。

「絵を何に使おうと、それは持った者の勝手や。織田様の気宇の大きさはわたしの絵に合う気がするのや。そやさかい、幕府お抱え絵師ではのうて、織田様のお抱え絵師となる覚悟を定めたんや」

それゆえ、そなたも狩野派の絵師となれ、と永徳は重ねて言った。それだけ友松の絵の技量を買ったというよりも、試《ため》しに使ってみて、力がないと見れば、すぐに放り出すつもりなのが透けて見えた。

友松は苦笑する思いだったが、とりあえず、狩野派入りの話は考えさせてくれと言い置いて狩野屋敷を辞去した。

友松が帰ろうとすると、永徳はすでに興味を失ったかのように、

「考えるのもええけど、織田様の動きは速い。のんびり考えてたら置いていかれるのや。そのことを覚えとけ」

とそっけなく言った。

友松は、さて、どうしたものかと東福寺への帰途をたどりながら考えたが、容易に決断はできなかった。しかし、それからひと月後、友松は思いがけない報に接して、否応なく運命の岐路に立たされた。

天正元年九月一日、近江の大名、浅井長政の居城、小谷城が織田信長の猛攻により落城した。落城とともに友松の長兄、善右衛門はじめ兄弟、親戚がことごとく討ち死にし、海北家は壊滅《かいめつ》したという。

（何ということだ）

この報を聞いて友松は愕然《がくぜん》とした。

織田信長は八月に三万の兵を率いて越前に乱入、猛攻を重ねて朝倉勢を打ち破った。柴田勝家《しばたかついえ》を先鋒として一乗谷《いちじょうだに》に攻め込み、居館や神社仏閣などを焼き払った。寺に籠もっていた朝倉義景は自害し、朝倉家は亡びた。

朝倉氏を亡ぼした信長はその勢いにのって、浅井長政が籠もる近江の小谷城を囲んだ。長政は懸命に抗戦したが、ついに及ばず、信長の妹である正室のお市《いち》と三人の娘を城外に出してから切腹《せっぷく》して果てた。

長政と父親の久政《ひさまさ》の首は京で獄門《ごくもん》に晒《さら》された。さらに小谷城から落ち延びていた長政の子万福丸《まんぷくまる》も捕らえられ、十月十七日に関ヶ原で磔刑《たっけい》に処された。

信長の浅井長政と朝倉義景への憎悪は深く、久政を含めた三人の髑髏《どくろ》を漆《うるし》と金粉《きんぷん》で塗《ぬ》り固める「薄濃《はくだみ》」にしたという。

そんな噂を聞くにつれ、歯ぎしりした友松は、

（おのれ、信長め、何としても海北家を再興せねばならぬ）

と決意した。

友松は永年、住み慣れた東福寺を後にして狩野屋敷に身を寄せた。いずれ、還俗して武士になるつもりだったが、それまでは絵師として生きようと考えたのだ。

何より、狩野派に入れば、妙覚寺への出入りがしやすくなる。内蔵助が話していた斎藤道三の譲り状の秘密をつかめば、織田に仕える明智光秀たち美濃衆を離反させることができるかもしれないのだ。

(明智様の力を借りて信長を討とう)

友松はそんなことを思い描いた。

狩野屋敷を訪れた友松を永徳は、

「よう来た」

と喜んで迎えた。そして、すぐに〈四季山水図〉の下絵を描かせた。友松がさほどに時をかけずに描き上げて見せると、永徳はにこりとした。

「よし、使えるようやな」

絵筆を置いた友松が頭を下げて、

「よろしくお願いいたす」

と挨拶すると、永徳は破顔した。

「荒武者のように猛々しかった友松が妙に殊勝やな。腹でなんぞ企んでおるんやろ。だが、狩野の絵の邪魔せなんだら、わたしにとってどうでもええことや」

恐れ入ります、と友松はふたたび頭を下げながらも、永徳の目の鋭さに驚いていた。

（狩野永徳の目は何もかも見通すようだな）

あらためて、永徳を恐ろしいと感じないではいられなかった。

狩野派に入ったものの、すぐに妙覚寺に行くことができるわけでもなく、また、行ったとしても、譲り状に近づく術もわからなかった。

日々、下絵を描くばかりで退屈《たいくつ》していたころ、恵瓊が狩野屋敷を訪ねてきた。

客間で会うと、恵瓊は屋敷の中を珍しそうに見まわして、

「絵師の屋敷というものを初めて見ました。あまり風雅《ふうが》ではありませんな」

と言った。

狩野屋敷では大広間が工房として使われ、門人たちが、下絵や扇《おうぎ》の絵付けなどに勤《いそ》しんでいる。あわただしく、埃が立つように仕事をしており、とても雅《みやび》な趣《おもむき》はない。

「絵師とはそういうものだ。風雅を描くが、おのれは風雅ではない」

友松はぶっきら棒に言った。恵瓊はなるほど、なるほど、と何度もうなずいた後で、此度の上洛は京を追われた足利義昭が毛利を頼ってきたので、義昭と信長との

間を斡旋《あっせん》するためだと言った。

「足利義昭と信長の間を取りもとうというのか。無駄なことだ。もはや、京では足利義昭など忘れられておる」

友松があきれ顔で言うと、恵瓊はにやりと笑った。そんなことは百も承知です、と言うと、真顔《まがお》になった。

「時に、妙覚寺の譲り状について、何かわかりましたか」

いきなり問われて、友松は顔をしかめた。

「わたしはいまでは狩野派の下働きの絵師に過ぎぬ。譲り状のことなど知らんな」

「とぼけてはいけませんな。浅井の小谷城が落ちて、友松殿のご実家はことごとく討ち死にされたと聞きましたぞ。友松殿のご気性あらば、復仇《ふっきゅう》を願わぬはずはない。だとすると、狩野派の絵師になられたのは、妙覚寺に出入りするためなのだ、と赤子にでもわかりましょう」

友松は言い当てられてうんざりした。

「お主の言う通りかもしれんが、譲り状に近づくのは簡単ではない。どうしたものかと思っているのだ」

恵瓊はあたりを見まわしてから声をひそめた。

「さようなことであろうと思い、知恵を授《さず》けに参ったのです。お聞きいただけますか」

友松はじろりと恵瓊を見た。

「聞こう」

友松が顔を近づけると、恵瓊は囁くように話した。

恵瓊は此度の上洛にあたり、足利義昭の使いを務める朝山日乗《あさやまにちじょう》という法華宗の僧侶と同行した。また、妙覚寺で織田方の交渉役として出てきたのは、羽柴筑前守《はしばちくぜんのかみ》秀吉という信長の草履取《ぞうりと》りから取り立てられた出頭人《しゅっとうにん》だった。

「妙覚寺で談合をいたしておりましたが、もとより、まとまる話ではありません。そのことは三人とも腹の底ではわかっておりますから、おりおり、休みをとって雑談をいたしておったのです。そのとき、さりげなく譲り状のことを訊いてみました」

「そんな話を持ち出して怪しまれなかったのか」

友松は首をかしげた。

「なに、織田様の美濃取りなど昔話でございますから、何ということもございません。ただ、羽柴というひとは、頭が鋭く、わたしが訊き出したかったことをすぐに察したようなのです」

秀吉は猿のような顔をほころばせて、

「あの譲り状は偽物だなどと言う者が、美濃にはいまだにおります」

とざっくばらんに言い出した。

恵瓊が恐縮して、これは立ち入ったことをうかがいまして、と言うと秀吉は手を振った。

「構いませぬ。譲り状が本物であれ、偽物であれ、いまさら上様のご威光に傷がつくものではありませんからな」

にこやかに秀吉が言ってのけると、日乗が口を挟んだ。

「それはよいことを聞きました。法華の宗門の中には、いまだに日饒上人が妙覚寺の貫主になれたのは、織田様が斎藤道三様から美濃を譲られたという話に口裏を合わせたからだ、などと申す者がおります」

恵瓊はちらりと日乗を見た。

日乗は元は武士だったらしいが、素性《すじょう》の定かでない僧侶でいつの間にか山口に流れ着いたものの、世渡りがうまく、武家の間を動き回って、しだいに用いられるようになっていた。その日乗が譲り状は偽物だという噂があると話すところをみると、やはり偽物であるのかもしれないと思った。

秀吉はからりと笑った。

「上様が本物であると言われるなら、譲り状は本物でござる。考えてもいたしかたのないことだが――」

秀吉は少し、黙ってから付け足した。

「日饒上人は近頃、病《やまい》を得ておられるそうな。口の悪い者はあと一、二年のお命ではないかなどと、無礼なことを申すようです。もし何事か訊きたければ、いまのうちかもしれませんな」

恵瓊は秀吉に顔を向けた。

「しかし、さようにご病気であられるのなら、ひとにものを訊かれることも疎ましょう」

秀吉はゆっくりと頭を横に振った。

「いや、いや。ひとというものは、この世を去る前におのれの胸に秘めたことを吐き出したいものでござる。訊く者さえあれば、日饒上人は話しましょう」

いまが訊き時でござるよ、と言って秀吉は大笑した。そのうえで、恵瓊に鋭い目を向けて、

「もし、何事かわかったら、それがしにも教えていただきたい」

と言い添えた。

恵瓊はうなずいてから、何事もなかったかのように足利義昭をどう扱うかという本題に戻った。

「なるほど、羽柴秀吉とはなかなかの男のようだな」

友松は感心したように言った。

「およそ、ひとの心を知る者として、羽柴様ほどのひとに初めて会いました。毛利としては油断できぬひとです」

恵瓊はそう言うと、妙覚寺でどのようにされたがよいか、おわかりになったでしょう、と念を押した。

「ああ、わかった」

友松は面倒《めんどう》くさげに答えながらも、もし譲り状の秘密がわかれば、何が起きるのだろうか、と身の内が震《ふる》える思いがした。

恵瓊は足利義昭をめぐる織田家との話し合いがととのわぬまま、十二月には、帰途についた。途中、岡山から交渉の経過について、吉川元春と小早川隆景に報告する書状を送った。

この書状の末尾《まつび》に恵瓊は、

――信長の代、五年三年は持たるべく候《そうろう》。明年あたりは公家などに成らるべく候かと見及び申し候。左候て後、高ころびにあおのけにころばれ候ずると見え申し候。藤吉郎《とうきちろう》（羽柴秀吉）さりとてはの者にて候。

と認めた。

恵瓊には、信長が間もなく権勢の座から転落する様が見えていた。友松が斎藤道三の譲り状の秘密を暴《あば》けばそうなるという確信めいたものがあったのだ。

十六

天正三年（一五七五）一月――

友松が狩野永徳の門人となって一年余りが過ぎた。友松は工房で下絵を描く絵師として働く日々を過ごしていた。

還俗したが頭は丸めたままで、木綿の着物、袖無し羽織に短袴《たんこ》をつけた姿である。筋骨はたくましいだけに、絵師というよりも夜盗《やとう》の頭目《とうもく》のように見えた。

まわりは若い弟子たちばかりだったが、中には永徳より年上の古参の門人もいた。

若いころから狩野派で絵の修業をしてきたが、腕はさほどに上がらず、しかし、下絵ぐらいなら描かせられるということで、いまも工房を手伝っているのだ。

そんな門人の中に、閑斎《かんさい》という白髪《しらが》の痩せた男がいた。

友松は昼餉《ひるげ》のおりなどは、この閑斎と弁当を使うことが多かった。何ほどの話をするわけでもなかったが、ある日、閑斎が声を押し殺して、

「友松殿は近江浅井家に仕えた海北家の出だということだが、まことですかな」

と訊いた。友松は面倒に思いながらも、

「ああ、そうだ」

と声高《こわだか》に返事してやった。閑斎はじっと友松を見つめた。

「それで、どうされるつもりだ」

「どうするとは、どういうことだ」

友松が顔をしかめて訊くと、閑斎は目を光らせた。

「浅井家を亡ぼした織田信長を討ち、海北家を再興する考えはないのか」

友松は少し黙ってからうなずいて見せた。

「それはわたしにとって悲願だが、いまはかように狩野家の下働きの絵師だ。どうしたらよいものか、さっぱりわからんな」

閑斎は、ふふ、と笑った。

「そうでもござるまい」

「なんだと。なす術があるとでもいうのか」

友松が思わず、睨みつけると、閑斎はあたりをうかがってから囁くように言った。

「友松殿は狩野に来てから、しきりに妙覚寺に行きたがっておられる。あれにはわけがあるのでございましょう」

うむ、と友松はうなって口を一文字《いちもんじ》に引き結んだ。妙覚寺にあるらしい斎藤道三から織田信長への美濃譲り状が見たいのだ、と言うわけにはいかなかった。しかし、驚いたことに閑斎は、

――美濃譲り状

と小声で告げた。

「どうして、それを――」

友松が目を瞠ると、閑斎はにやりと笑った。

「やはりそうですか」

「なんだ。当てずっぽうに言ったのか」

友松は苦い顔になった。

「わたしは美濃の生まれなのです。生まれたのは土豪の家でしたが、相次ぐ乱で家屋敷を焼かれ、京に出てからはしばらく妙覚寺で寺男《てらおとこ》をしておりました。そのおり、美濃譲り状の話を聞いたのでございますよ。友松殿が妙覚寺に入り込みたがっていると聞いて、あるいは美濃譲り状のためではないか、と察したというわけです」

「そうか――」

友松は少し考えてから、

「妙覚寺に入る手立てがあるのだな」

と言った。

「はい、ございます。と言うよりも、実はわたしは、友松殿のことを役僧《やくそう》を通じて日饒上人様にひそかに告げたのですよ」

「なんと」

友松は目をむいた。閑斎は平然として言葉を継いだ。

「日饒上人様はいまご病床にありますが、美濃譲り状について知ろうとしている方にお会いになりたいそうなのです」

「日饒上人がわたしに会おうと言われるのか」

友松は信じられないという面持《おもも》ちで言った。

「はい、友松殿が狩野派の絵師だとお伝えすると、それはちょうどよい、屏風絵を描いてもらおうと仰せになったそうです。近々、妙覚寺から使いが参りましょう」

閑斎はさりげなく言ってのけた。

友松は半信半疑だったが、三日後、妙覚寺から使いの者が来た。友松を名指しで屏風絵を描いて欲しいとの注文だった。

永徳は怪訝そうに首をかしげたが、

「ええやろう。ご贔屓は大事にせなあかんさかいな」

と言って友松が妙覚寺に行くことを許した。

翌日、友松は閑斎を供にして、妙覚寺に赴いた。

門をくぐり、居合わせた僧侶に狩野の絵師が来たことを日饒上人様にお伝えください、と言うと、すぐに奥へと案内された。

大きな居室で日饒は臥《ふ》せっていた。

友松が部屋の入口で跪《ひざまず》いて声を高くして挨拶すると、床《とこ》の日饒が枯れ枝のような腕を上げて手招きした。

そばへ来いということだろう、と察して友松は床のそばまでにじり寄った。顔色が悪く、痩せた日饒は横たわったまま顔を友松に向けた。

額が広く鼻筋が通っているものの、顎《あご》が細い気弱そうな顔だった。

友松は手をつかえ、黙って頭を下げた。

「浅井の海北家の方であるそうな」

日饒はかすれた声で言った。

「さようでございますが、実家の者たちは織田の浅井攻めのおりに、ことごとく相果てましてございます」

頭を下げたまま友松が言うと日饒は、

「それは気の毒な――」

とつぶやいた。

友松はゆっくりと頭を上げた。両手を膝の上に置く。

「それゆえ、何としても海北家を再興いたしたいと思っております。そのためには――」

友松が言いかけると、日饒は後を引き取った。

「美濃譲り状を手に入れて、織田信長に一矢報《いっしむく》いたいのやな」

日饒が信長を呼び捨てにしたことに友松は驚いた。思わず、

「日饒上人様は織田殿と親しき間柄《あいだがら》である、と思って参りました」

と口にした。

「いままではな」

日饒はひややかに言ってのけた。

「いままでは、とは――」

友松は首をかしげた。日饒は天井を見上げて話した。

「信長は法華宗徒の商人から矢銭を吸い上げ、それだけでなく、法華宗徒が諸国に張りめぐらした商《あきな》いのつながりを通して諸大名の動きを探ってきた。法華宗徒の助けがあればこそ、信長は大きくなれたのだ。しかし、信長はいまや法華宗徒を捨てて、キリシタンをおのれのために使おうとしておる」

「キリシタンを——」

友松は息を呑んだ。

三年前の元亀三年（一五七二）正月、イエズス会の宣教師カブラルは岐阜城を訪ね、信長に拝謁していた。信長はカブラルから南蛮の文化、文明について聞き、大いに興味を抱いたという。

当時、イエズス会を東アジアに派遣していたのは、ポルトガル王だった。このため南蛮商船はイエズス会の宣教師を受け入れた大名とだけ交易を行っていた。

南蛮の文物《ぶんぶつ》を手に入れたければ、イエズス会の布教を認めねばならなかった。信長は岐阜城で、カブラルたちのために自ら膳を運ぶなど丁重なもてなしをしていた。

いずれキリシタンを使って南蛮との交易の道を開こうと信長が考えているのは、明らかだった。

「それでは法華宗徒はどうなるのですか」

友松は眉をひそめて訊いた。日饒はうめくように答える。

「捨てられるに違いない。そうなれば信長のことだ。比叡山を焼き討ちにしたように、法華宗の寺も焼こうとするだろう」

「まさか、そのようなことが」

友松は信じられないというように頭を横に振った。

「いや、信長は必ず、そうするに違いない。あの男は魔王なのだ」

日饒はそういうと震える手で枕元にあった書状を手に取り、友松に差し出した。

友松は受け取って書状を開いてみた。

「これは――」

友松はうめいた。

「美濃譲り状と呼ばれておる、わたしへの父道三からの書状じゃ」

「しかし、これには、美濃を譲ることが書いてありませんぞ」

友松は怪訝な顔をして言った。伝えられているところによれば、

――ついには織田上総介の存分に任すべきの条、譲り状、信長に対して渡しつかわす。

との文言《もんごん》が日饒への手紙の中に書かれているはずだった。それが、道三から信長へ美濃の譲り状が送られたという証であり、日饒への手紙そのものが、

――美濃譲り状

と呼ばれる所以《ゆえん》だった。だが、いま、友松が目にしている書状には、わが子との別れを嘆く哀切《あいせつ》な文言はあっても、信長のことなどふれられていない。

「そうだ。美濃譲り状などないのだ」

日饒は苦し気に言った。

「まことでございますか」

友松は思わず病床の日饒ににじり寄った。

日饒は何度かうなずいた。

「かようなことで嘘を言って何になろう。足利義昭公を奉じて上洛を果たした信長はわたしを召し出すと、わが父からの書状に、美濃を信長に譲ると書いてあったことにしてくれ、と言ったのだ」

「では信長が仕組んだことなのですか」

「そうだ。信長は上洛して天下取りに乗り出しただけに足下《あしもと》を固めておこうと思ったのであろう。さように言われては、わたしが断れるはずもなかった」

「そうしておいて、信長は、美濃を領土としたのは正当であったと世間に広めたということなのですな」

「そうだ。信長は明智光秀殿はじめ、美濃衆を天下取りの戦に使おうとしておった。そのためには美濃譲り状がなければならなかったのだ」

日饒は咳《せ》き込んだ。

「大丈夫でございますか」

友松が覗き込むと、日饒は虚しげな声ながらも、

「案じなくともよい。それより、この書状を明智殿に渡してくれ」

「明智様に――」

「もはや美濃衆で信長を倒す力を持っているのは、明智殿だけじゃ。何としても明智殿に決起していただかねばならん」

日饒はそこまで言ってから、また激しく咳き込んだ。

友松は日饒を介抱しながら、手にした書状を素早く懐《ふところ》に入れた。

(信長め、見ておれ)

友松の目が光った。

十七

翌日――

友松は石谷屋敷を訪ねた。

斎藤内蔵助へ書状を託そうと思ってのことだったが、門をくぐって入ると、屋敷内には屈強な武士たちがひしめき合うようにしていた。

いずれも粗末な着物で短袴をつけ、長い刀を腰にしている。

（どこかで見たような）

友松は首をひねって考えた。そして、男たちが土佐の長宗我部元親に仕える武士たちだったと思い出した。

友松が男たちをかきわけるようにして、玄関に行き、訪いを告げると、家士《かし》が、

「斎藤様なら、ちょうどおいでてございます」

と言った。

幸いなことに内蔵助は石谷屋敷に滞在しているらしい。

「さようか。お会いできるか」

友松が訊くと、顔なじみの家士はおうかがいして参ります、と応《こた》えて奥へ入った。間もなく戻ってきた家士は、友松を奥へと案内した。

友松は廊下や部屋に所狭《せま》しと進物らしい品物が並べられているのを見つつ、奥座敷に入った。これだけの献上品《けんじょうひん》となると、おそらく織田家に贈られるものだろ

う、という見当がついた。

だとすると、内蔵助が石谷屋敷に滞在しているのは、信長と長宗我部の使者を引き合わせるためかもしれない。

内蔵助は奥座敷で若い武士を相手に話していた。友松を見て、内蔵助はにこりとして、

「よう参られた」

と言った。

内蔵助の前に座っていた若い武士は友松に向き直って、手をつかえ、

「お初にお目にかかります。土佐の長宗我部元親の家来にて、中島可之助《なかじまべくのすけ》と申します」

と丁重に挨拶した。

僧侶のころならともかく、いまの友松は狩野派の絵師に過ぎない。その友松に初対面とはいえ、これほどの挨拶をするとは、と感じ入りながら友松は、

「絵師にて海北友松と申します」

と答えた。

可之助は目を丸くして、

「絵師殿にございますか。それがしはいずこかの御家中の武辺者《ぶへんしゃ》であられると思いましたぞ」

とひどく明るい声で言った。内蔵助も笑い声を上げた。

「いや、中島殿の見立ては間違ってはおらぬ。友松殿は武人であり、絵師だ。武の道を行くか絵の道を行くかは、これから決まることだ」

友松は苦笑して、内蔵助の顔を見た。

「お屋敷に土佐の方が大勢おられ、廊下には進物らしき品物が並んでいますが、あれらは織田様への献上品ですかな」

内蔵助はゆったりとうなずいた。

「さよう、長宗我部殿は、織田様に嫡男の弥三郎《やさぶろう》殿の烏帽子親《えぼしおや》をお頼みしたいということだ」

「烏帽子親――」

友松は苦い顔をした。

烏帽子親とは、武家の男子が元服《げんぷく》を行う際に仮親として、烏帽子を被せる役を務める者のことだ。

この際、烏帽子親は元服した男子に諱《いみな》を名づける。烏帽子親の諱の一字を与えることが多い。烏帽子親は言わば名付け親として元服した男子をその後も庇護することになる。

かつて長宗我部元親に嫁すため、四国へ向かおうとしていた内蔵助の妹である桔梗を暴漢から助けたことがあった。

その桔梗が元親との間に生《な》した男子が、もはや元服の年齢《とし》になったのか、と感無量な思いがした。

内蔵助は微笑を浮かべて話を添えた。

「長宗我部殿はやはり傑物《けつぶつ》であった。昨年までに、もはや土佐一国を切り取られたということだ」

「ほう――」

友松は目を丸くして可之助を見た。

「さよう。わが主人は紛れもなく名将にございます。いずれ、四国全土も斬り従えるでありましょう」

可之助は胸を張って言った。

長宗我部元親は剽悍《ひょうかん》な、

――一領具足《いちりょうぐそく》

と称する、日ごろは農民として田畑を耕しているが、ひとたび戦となれば具足を身につけ、戦場に駆けつける者たちを率いた。

土佐の土豪を倒し、やがて、土佐国司《こくし》で幡多郡中村《はたごおりなかむら》に城を持ち、中村御所《ごしょ》と呼ばれていた公家大名の一条氏の内紛に介入し、当主の兼定《かねさだ》を追放して、土佐を手中にしたという。

友松は胡散臭げに可之助を見た。

「それで、織田信長に嫡男の烏帽子親になってもらい、ついでに四国の切り取り勝手次第を認めてもらおうということですかな」

可之助はあくまで朗《ほが》らかな様子で、大きく頭を縦に振った。

「さようでございます。さすがに斎藤様の親しき方だけにご明察です」

友松は鼻で嗤った。

「さようなことは誰にでもわかりましょう。ただ、気をつけておかれるがよい。織田様の約束はあってなきが如きもの。もし、織田様が四国をわがものにしたいと思えば、そのときはためらいなく長宗我部殿を亡ぼしましょう」

友松の言葉を聞いて、内蔵助はさりげなくそっぽを向いた。可之助はにやにやと笑った。

「それはわが主とて同じことでございます。四国平定の後、もし京が欲しくなれば、ためらうことなく兵を発しましょう」

興味深げに友松は可之助を見た。

「それは、まことでございますか」

友松が訊くと、可之助が答える前に内蔵助が口を挟んだ。

「さような戯言《ざれごと》はもうやめた方がよい。話しても、聞いても織田様の耳に入れば打ち首でござるぞ」

内蔵助に言われて、可之助は大仰な様子で頭を下げた。

「ごもっともにございます。それがしは明日の支度《したく》がありますゆえ、これにて――」

可之助は頭を下げて座敷から出ていった。

数日後、可之助は信長に拝謁する。このとき、信長は、長宗我部元親を、

――ムチョウトウノヘンプク

と嘲ったという。

すなわち、鳥も棲《す》んでいない里で勝手気ままに飛んでいる蝙蝠《こうもり》に見たてて、優れた者のいないところで取るに足らない者が幅を利かせていると皮肉ったのだ。これ

に対して、可之助は、平然と受け流して、

「織田様は、蓬萊宮《ほうらいきゅう》の寛典《かんてん》に候」

と答えた。信長の暴言に対して、当意即妙《とういそくみよう》な返答をしてのけたのだ。

信長は可之助の物怖《ものお》じしない豪胆さを認め、元親の望み通り弥三郎の烏帽子親を務めることを承知した。そして自分の一字を与えて「信親《のぶちか》」と名乗らせたと、『土佐物語』は伝えている。

内蔵助は友松に顔を向けた。

「さて、今日は何用があって参られた。顔に殺気が浮かんでおる。ただごとではあるまい」

「さようか――」

友松は顔をつるりとなでてから、懐から書状を取り出し、内蔵助の膝前に置いた。

内蔵助は書状を手にして開くと文面を読み始めた。やがて、ゆっくりと書状を巻き戻した。

「これは、斎藤道三様から妙覚寺の日饒上人に送られた手紙か」

内蔵助は鋭い目で友松を見つめた。

「そうだ。ご覧のように、道三から信長への美濃譲りのことなど、ふれられてはおりませぬな」

「やはり、譲り状などなかったのだ」

内蔵助は嗤った。友松は内蔵助をうかがうように見た。

「この書状を明智様にご覧いただきたい」

友松が言うと、内蔵助は少し考えてから口を開いた。

「友松殿は、美濃譲り状などなかったことを美濃衆に知らせて、起たせようという考えであろうか」

「いかにも。されど、有体に申せば、そうするようわたしに勧めたのは、いま、中国の毛利家で使い僧を務めている安国寺恵瓊でござる」

「なるほど、謀略好きの毛利の考えそうなことだ」

内蔵助はうなずいた。

「明智様にお渡しいただけようか」

友松は重ねて訊いた。

「いかにもお渡しするが、いまは時期が悪い」

「時期？」

友松は首をかしげた。

「さよう、おそらく明智様は今年、丹波《たんば》攻めを命じられよう。そして丹波平定後には、丹波一国を与えられるのは間違いない。さすれば明智様の力はいまよりもさらに大きくなられよう」

「それまで待てと言われるのか」

友松は眉をひそめた。

かつて丹波の守護は細川氏だったが、信長が足利義昭を奉じて上洛したころは、荻野《おぎの》、芦田《あしだ》、波多野《はたの》、内藤《ないとう》、宇津《うつ》、須知《しゅうち》などの国人衆《こくじんしゅう》が勢力を伸ばしていた。

これらの国人衆は、足利将軍家への忠義を忘れておらず、信長が義昭を擁して上洛するとすぐさま従った。

しかし、信長との軋轢を深めた義昭が追放されると、丹波の国人衆の中から、まず荻野直正《なおまさ》が反旗を翻《ひるがえ》し、さらに、内藤、宇津も背《そむ》いた。

信長は丹波の国人衆への調略を行っていたが、応じる者は少なかった。このため、間もなく光秀に丹波攻めが命じられそうな形勢だ、という。

「しかし、丹波平定が終わるまで、どれほどかかるかわかりませんぞ」

落胆《らくたん》したように友松が言うと、内蔵助はあたりを見まわしてから言葉を添えた。

「いや、それまでになしておかねばならぬことがある。たとえ、美濃譲り状がなかったにしろ、それだけで明智様を起たせることは難しい。明智様を起たせるには、あるおひとの力がいるのだ」

「あるおひと？」

友松が怪訝な顔をすると、内蔵助はにじり寄った。友松に顔を近づけ、耳元であるひとの名を囁いた。

友松は、思わず、あっとうめいた。

「まさか――」

内蔵助は目を光らせた。

「そのおひとを動かさねば、明智様を動かすことはできぬ。美濃譲り状がない証である、この書状を見せねばならないのは、そのおひとだ」

「だが、どうやってこの書状をお見せするというのだ。わたしには手立てがありませんぞ」

顔をしかめて友松が言うと、内蔵助はにやりと笑った。

「案じられずともよい。わたしが段取りをつけよう。それまで、この書状は友松殿がお預かりくだされ」

内蔵助は持っていた書状を友松に押し付けた。

「いや、これは、斎藤殿が持っておられたほうがよい」

友松は受け取るまいとしたが、内蔵助はなおも言い重ねた。

「それがしは、常に戦場に出ねばならない身の上だ。いつ、戦場で命を落とすやもしれぬ。そうなれば、せっかくの証拠の書状が行方《ゆくえ》知れずになろう」

そこまで内蔵助に言われれば、なおも断ることはできなかった。友松は、やむなく書状を懐に入れながらも当惑していた。

内蔵助は、斎藤道三の娘で織田信長の正室である、

――帰蝶
の名を告げたのだ。

(帰蝶様とは、どのような女人なのであろうか)

友松は困惑しつつも、はなやかな気配を感じた。

この年の三月、妙覚寺の日饒上人が亡くなった。

さらに十月に入ると、信長は明智光秀に丹波攻略を命じた。羽柴秀吉の中国攻めが始まり、織田は西国に勢力を伸ばし始めたのである。

十八

四年が過ぎた。

天正七年（一五七九）正月——

友松は狩野屋敷で絵を描いていた。

下絵ばかりではなく、自らの絵を描くことも多くなってきた。そんな際に描くのは、

——山水図

だった。墨を叩きつけるようにして崖《がけ》や草木《そうもく》を描く水墨画だった。大胆な筆遣いで絵のほとんどが空間となり、淡々とした風景が浮かび上がり、独特の味わいがあった。古典であり、同時に厳しい精神を表すかのようだった。

友松が工房でこのような絵を描いていると、たまに永徳が覗きに来て、

「荒いなあ、荒い、荒い」

と嘆くように言った。その癖《くせ》、絵を直せとは言わない。ただ、首をかしげて、

「友松は、〈婦女琴棋書画図《ふじょきんきしょがず》〉のようなものも描けるのに、それでは収まらんのや

なあ」

とつぶやくように言った。〈婦女琴棋書画図〉は、水墨を基調にした風景の中に唐美人《からびじん》を豊潤《ほうじゅん》な色彩で描いた絵で、素地《そじ》に金泥《こんでい》を使い、そのはなやかさは永徳の絵に迫るものがあった。

実際、永徳は〈婦女琴棋書画図〉を見たときに、

「これやったら狩野派として出せる」

とつぶやいたほどだった。しかし、友松はそれ以来、はなやかな女人が出てくる絵を描こうとはせず、もっぱら水墨画の山水図ばかりを描いている。

この日も永徳は画室にふらりと現われると、友松の絵を見て、

「相変わらずやな」

とあきれたように言った。友松は絵筆を手にしたまま、

「かような絵はお好みではありますまい」

と無愛想に言った。

永徳は機嫌を損じる風もなく、

「そうでもないぞ。わしもたまにはかような絵を描きとうなるときがある」

「さようですかな」

友松は意外そうに永徳の顔を見た。

狩野派の麒麟児である永徳は、はなやかで豪宕《ごうとう》な絵を好んで描く。そんな絵だけが好みなのだろうと思っていた。

永徳はからりと笑った。

「あほらしい。わしが日ごろ、描く絵が好みやと思うてるんか。あれは注文によって描いてるんや。成り上がりの大名はどうしても自分を偉そうに見せたがる。そんな注文に応じた絵とわしが描きたいと思う絵の違いはまだそなたにはわからんやろ」

相変わらず、高慢《こうまん》な口調だったが、友松は腹も立たない。狩野派の門人となってから永徳の天才を間近に見て、舌を巻く思いだったからだ。

はなやかな絵では所詮《しょせん》、永徳にはかなわない。そう思えばこその水墨画だった。

友松がまた絵に向かうと、永徳がふわりと投げかけるように言った。

「近く、安土《あづち》に行くぞ。ついてこい」

絵筆を置いて友松は永徳に顔を向けた。

「では、安土城の天主の襖絵をまかされたのでございますか」

信長は三年前から丹羽長秀に命じて琵琶湖《びわこ》のほとりの安土山に巨大な城を建てて

いた。

七重の天主と御殿《ごてん》を擁する本丸、さらに二ノ丸、三ノ丸を連ね、山麓の南面に大手口、東南麓に東門、西南部に百々橋口《どどばしぐち》を設け、山腹には家臣の屋敷が集められていた。壮大な石垣の上にそびえたつ天主は黄金で彩《いろど》られているという。

信長は天主ができれば襖絵や壁画《へきが》などを永徳に描かせると言っていたが、ようやくそのときが来たのだ。

永徳はにやりと笑った。

「安土城にはわしの描きたい絵を描く。それを見て学べ」

自信ありげな永徳の言葉を聞いて、友松は思わず訊いた。

「されど、織田様は美しきものへのこだわりが強いお方と聞き及んでおります。お師匠様の絵を好んでくださりましょうか」

永徳は嗤った。

「そないなことを言うから、そなたはまだ絵がわかっておらんいうんや。これはわしと織田様の勝負なのだ。わしが美しいと思うものを織田様にも美しいと思わせてみせる。それが絵師の腕というもんや」

永徳は毅然《きぜん》として言い放つと、背中を向けて画室から出ていった。

友松は廊下を遠ざかる足音を聞きながら、

「さすがに、狩野を率いる永徳様じゃ。気魄において信長に負けぬつもりじゃな」

と痛快そうに言った。

友松は、ふと自分が描いていた絵に目を遣《や》った。

(だが、わたしとても負けてはおらぬ)

友松は、ふふ、と笑うとふたたび絵筆を手にとった。


永徳は五月に入って安土に向かった。

門人と下僕たち十数人を引き連れており、この中に友松も加わっていた。

初めて安土城を目にしたとき、友松はその壮大さに驚いた。

(信長め、何という城を建てたのか)

呆然とする思いだったが、永徳は天主の高さを目で測っただけで、さほどに興奮した様子は見せなかった。

城内に入った永徳は作事奉行《ぶぎよう》の丹羽長秀に挨拶して、どのような絵を描くかを説明した。

永徳は天主に描く絵を、上層階から三皇五帝、孔門《こうもん》十哲、商山四皓《しようざんしこう》、竹林《ちくりん》の七《しち》賢《けん》、釈迦説法図《しやかせつぽうず》、釈門《しやくもん》十大弟子、餓鬼《がき》、鬼、飛龍《ひりゆう》、龍虎《りゆうこ》、鳳凰《ほうおう》、花鳥、仙人、西《せい》王母《おうぼ》、梅、鶯《うぐいす》などと細かに決めていた。

友松は後ろで永徳の話を聞いた。

（なるほど、狩野の絵のありったけを出し尽くすつもりか）

永徳のただならぬ思いが伝わってくる気がした。

丹羽長秀は、半ば目を閉じて永徳の話を聞いていた。永徳が話し終えると、長秀はゆっくりと目を開けて、

「話はわかった。だが、心得ておけ。どのように贅《ぜい》を尽くした絵を描こうとも、上様の御気に召さねば、その方《ほう》たちはひとり残らず、首を刎《は》ねられることになるぞ」

と当たり前のように言った。

永徳は平然として答える。

「承知いたしております。さようなときのために、狩野の家督は弟に譲って参りました。わたくしが首を刎ねられても狩野の家は続きます」

永徳の返事を聞いて長秀は満足げに笑った。

その日から永徳は弟子たちと作事小屋に泊まり込んで作業に入った。

数日後、作事小屋に小姓が来て、

「海北友松なる者はいるか」

と問いかけた。

永徳は面倒臭げに、

——友松
と声をかけた。荷の中から取り出した絵筆をそろえていた友松は、のっそりと小姓の前に出た。小姓は友松を確かめるように見てから、

「そなた、これよりわたしについて参れ」

と言った。友松は訝しげに小姓を見た。

「どこへ参るのでございますか」

「ついてくればわかる」

小姓はつめたい表情で言った。友松は当惑して永徳を見た。

永徳は眉をひそめて訊いた。

「この者はこれから仕事がございますが、連れていかれるのは、どなたのお言いつけでございましょうか」

「御方様の命である」

小姓は間髪を容れずに答えた。

友松ははっとした。

安土城で御方様と言えば、正室の帰蝶のことだろう。

帰蝶は日ごろ、岐阜城にいるはずだが、信長の正室だけに安土城に来ていても不思議ではない。

四年前、斎藤内蔵助は、日饒上人が持っていた書状を見せねばならない相手は帰蝶だと言ったが、その後、音沙汰《おとさた》がなかった。

友松が安土城に来たと知って会う気になったのだろうか。

「わかりましてございます。お供いたします」

友松は頭を下げた。

永徳も御方様の命と聞いて、やむをえないという顔でうなずいた。

小姓はすぐに背を向けて歩き出した。

友松がついていくと、小姓はすたすたと歩いて城門を出た。さらに城下町を過ぎて、古ぼけた寺に入った。

寺では何事かあるのか、ひとがあわただしく出入りしている。友松は小姓にそっと声をかけた。

「ここはどこでございますか」

小姓は振り向きもせずに、安土村の浄厳院《じょうごんいん》という浄土宗の寺だ、と答えた。

「ひとが多いようですが、何かあったのですか」

友松が重ねて訊くと、小姓は振り向いた。

「今日、宗論が行われるのだ」

「宗論ですか」

友松は息を呑んだ。かつて僧侶だっただけに、宗論が違う宗派の僧侶が議論によって相手を打ち負かそうとするものだ、ということを知っていた。

この日、浄厳院で行われたのは、後に、

――安土宗論

と呼ばれることになる。

浄土宗の僧侶玉念《ぎょくねん》が、関東から安土城下に来て、七日間の法談をした際、法華宗の信者が疑義を問うて紛糾《ふんきゅう》した。

信長は両派を和解させようとしたが、法華宗は応じようとしなかった。このため信長は、奉行衆立ち会いのもとで宗論を行うことを命じたのである。浄土宗と法華宗、それぞれ四人の僧侶が出て、南禅寺《なんぜんじ》の鉄叟景秀《てっそうけいしゅう》と華厳宗《けごんしゅう》の因果居士《いんがこじ》らが判定役を務めることになったという。

「わたしはかつて僧でありましたが、いまは還俗しております。宗論など聞かされるのは迷惑ですな」

友松がうんざりした顔で言うと、小姓はそっけなく答えた。

「そなたは聞くには及ばぬ。ただ、宗論が終わるのを待っていればよいのだ」

そう言うと小姓は、本堂近くの中庭に面した小部屋に友松を連れていった。友松が部屋に入って座ると、

「一刻《いっとき》（約二時間）はかかろうゆえ、待っておれ」

と言い残して去っていった。

友松は胡坐《あぐら》を組んだが、一刻はかかると言われたことを思い出して、馬鹿馬鹿しくなって仰向《あおむ》けに横になった。すると、睡魔《すいま》が襲ってきて、いつの間にか寝入ってしまった。

遠くでひとが怒鳴りあうような声が聞こえてくる。それとともに、ざわめきや罵《ば》声《せい》も響いてきた。

どれほどの時がたったのか、ふといい匂いがすると思ったら、体を揺すられていた。

「これ、起きぬか」

女の声がした。はっとして友松が起き上がると、傍《かたわ》らにいた侍女らしい若い女が、ほっとしたように、

「起きましてございます」

と縁側に向かって言った。そこには打掛姿の美しい女が立っていた。女をひと目見て、友松は、

（帰蝶御前だ）

と察して、平伏した。恐る恐る顔を上げると、中庭を眺めていた女は振り向き微笑して、

「そなたは、以前は僧であったと聞いたが、宗論をやっているそばでよく眠れますね」

と言った。

「さて、宗論などくだらぬと思っておりますゆえ」

友松は無作法《ぶさほう》に言ってのけた。

「宗論はくだらないのですか」

女は面白そうに訊いた。

「さよう。宗派によって様々なことを言い立てますが、もとより仏の教えは釈迦牟《しゃかむ》尼仏《にぶつ》より発しております。違いを言い立て、相手を論難《ろんなん》するなど釈迦牟尼仏は喜びますまい」

「そなたの言う通りですね。此度の宗論も上様に命じられて行われたに過ぎず、仏様は哀しんでおられましょう」

女は悲しげに言うと、友松を見つめた。

「そなた、妙覚寺の日饒上人より書状を預かっていると斎藤内蔵助殿より聞いたが、まことか」

友松はゆっくりと懐から書状を取り出した。

「まことにございますが、この書状をお渡しできる方は余人にあらず、織田家御正室様のみでございます。失礼ながら御正室様でございましょうや」

友松が言うと、傍らの侍女が、

「無礼な。たかが絵師の分際《ぶんざい》で御方様に向かい、何という口の利きようじゃ」

と憤った。だが、女は微笑んだだけで、

「いかにも、帰蝶じゃ」

と答えた。友松はうなずいて、肌身離さず持っていた書状を恭《うやうや》しく差し出した。

侍女が受け取って帰蝶に渡した。

帰蝶は書状を開いて、目を通し、

「やはり美濃譲り状などなかったのじゃな」

と淡々と言った。そして書状を巻き戻しながら、帰蝶は友松に顔を向けた。

「この書状をそなたに渡したおり、日饒殿はそなたに何か申したか」

友松は手をつかえて答えた。

「日饒様は、織田様が法華宗を捨て、キリシタンを用いようとしていると申されていました」

「そうか、どうやら日饒殿の思われた通りじゃな」

帰蝶はつぶやいた。

友松は顔を上げた。

「今日の宗論も、そのことと関わりがあるのでございましょうか」

帰蝶はため息をついた。

「その通りじゃ。本日の宗論は法華宗の負けと相成《あいな》った。どうやら上様の命により、はじめから仕組まれた罠《わな》であったようじゃ」

「罠でございますか」

友松は目を瞠った。

このときの宗論はたがいに応酬《おうしゅう》がありつつ、終盤になって、浄土宗側が、

「釈尊が四十余年の修行を以《もっ》て以前の経《きょう》を捨つるなら、汝《なんじ》は方座第四の『妙』の一字を捨てるか、捨てざるか」

と問うたところ、法華側はこの意味がわからなかった。

すると、浄土宗側は、

「法華の妙よ。汝知らざるか」

と畳みかけた。

法華宗側が黙ると、判定者の因果居士を含めて、一座の者たちがどっと笑い、法華宗の負けと決めつけて僧侶たちの袈裟《けさ》を剝《は》いだという。

「立ち会いの因果居士がさほどの問答もしておらぬのに、無理やり、法華宗の負けと判定いたした。上様はこれにより、法華宗の勢いを抑え、今後はキリシタンをおのれのために使われるつもりであろう」

「しかし、これまで法華宗は織田様のお役に立ったように、日饒様からうかがいましたが」

首をかしげて友松が言うと、帰蝶は嗤った。

「役に立つ間は大切にされるが、もはや役に立たぬと思えば捨て去るのが、上様という御方なのじゃ。何より、わたくしがさような目に遭っておるゆえ、よくわかる」

帰蝶の口調には悲しい響きがあった。

「さようなのでございますか」

思わず、友松は同情した。だが、帰蝶はそんな憐れみを嫌うように顔をそむけた。

「法華宗はわが祖父以来、わが家で信心して参った。上様が法華宗を大事にしてくださると思えばこそ、いままで耐えてもきたのじゃ。されど、もはや、耐えることはいらぬようじゃ」

帰蝶は中庭を眺めながら言った。

「ならば、御方様には織田様にご謀反あそばされまするか」

友松が膝を乗り出して訊くと、帰蝶は、ほほ、と笑っただけで答えない。そして書状を懐に収めながら、

「これはわたくしがもらっておきましょう」

と言った。

友松は黙って頭を下げた。

帰蝶が縁側を去っていく衣擦《きぬず》れの音だけが響いた。

気がつけば、友松は背中にぐっしょりと汗をかいていた。

十九

天正九年（一五八一）九月八日——

「安土宗論」から二年余りがたっていた。

友松は狩野永徳の供をして安土城に来ていた。すでに安土城の天主を彩る障壁《しょうへき》画《が》は完成している。

この日、永徳は信長の小姓の森蘭丸《もりらんまる》の案内であらためて天主を拝見し、友松も弟子のひとりとして見てまわった。

友松は障壁画に携《たずさ》わる間は、さほど気にならなかったが、あらためて見ると異様な天主だ、と息を呑んだ。

石垣造りの地階に宝塔が安置され、四階までが吹き抜けとなっている。一階は控えの間、対面所、さらに信長の化身であるとする霊石が祀られた書院、二階には能を演じる吊り舞台があり、まわりが座敷となっている。
三、四階は座敷で茶室が設けられている。部屋の柱や長押《なげし》はいずれも黒漆塗りで金の彩色が施《ほどこ》され、各座敷には狩野派の絵師による鮮やかな障壁画が描かれている。
画題となっているのは梅、煙寺晩鐘《えんじばんしょう》、雉《きじ》と童《わらべ》、鵞鳥《がちょう》、聖人、花鳥、西王母、龍虎、竹林、鳳凰など様々だった。

さらに上層の六階は法隆寺《ほうりゅうじ》の夢殿《ゆめどの》のような八角形で、餓鬼や鬼が跳梁《ちょうりょう》する地獄図や釈迦と十人の弟子を描いた〈釈迦説法図〉である。

七階は中国古代の伏羲《ふっき》や神農《しんのう》、黄帝《こうてい》から老子《ろうし》、周《しゅう》の文王《ぶんおう》、太公望《たいこうぼう》、孔子《こうし》などを題材に中国の貴族が訓戒《くんかい》を得るために好んだ〈鑑戒図《かんかいず》〉だった。

これらの障壁画には金箔《きんぱく》が貼《は》られ、外壁は白く、瓦《かわら》にまで金が施されている。

琵琶湖畔の安土山に建てられた巨城は天下人である織田信長にふさわしい豪華絢爛《ごうかけんらん》さだった。

永徳は自ら筆を振るったためか、さほど感銘を受けた様子もなく、平然と蘭丸について各階をまわっていた。それでも、七階に出て勾欄《こうらん》から琵琶湖を望むと、身を乗り出し、目を光らせて、

「なるほど、この景色が最後の趣向でございますな」

とつぶやいた。

蘭丸が誇らしげに応じる。

「さようでござる。狩野殿の絵と琵琶湖の景色があれば、天下にこれほど美しく大いなる城はございますまい」

まことに、さようでございます、と永徳は言ったが、その顔にわずかに嘲りの色が浮かんだのを友松は見逃さなかった。

天主を見学した後、信長に拝謁するため、大広間に向かう途中、友松は永徳の傍らに寄って、

「師匠、なんぞ、ご不満がおありか」

と囁いた。永徳も押し殺した声で答えた。

「琵琶湖は綺麗《きれい》やけど、大きいいうんやったら、海があるわ」

「ほう、海でございますか」

友松は感嘆して言った。豪壮《ごうそう》な安土城に絵を描きながら、永徳はさらに大きなものを目指しているようだ。

「安土の城もわしには、まだちっちゃい」

永徳は傲岸不遜《ごうがんふそん》に言ってのけながら、蘭丸に従っていった。友松は永徳の後に続きながら、

（さすがに狩野永徳は天下一の絵師だな。気宇の壮大さではとてもおよばぬ）

と思った。

大広間に入ると、安土城建設に功のあった大工《だいく》、岡部又右衛門《おかべまたえもん》と弟子たちが居並んでいた。その傍らに永徳一門も座った。貴族的なととのった容貌だが、目が異常に鋭く、ただならぬ気迫を発している。

待つほどに信長が出座してきた。

信長は無言のまま上段に座った。代わって蘭丸が、

「上様にはその方たちのお城での働きを賞され、小袖《こそで》を下しおかれる。ありがたく頂戴《ちょうだい》いたせ」

と述べると、小姓が永徳たちの前に、黒漆台にのせた小袖を持ってきた。

信長は一同を見まわすと、

「大儀であった。余は気に入っておるぞ」

とひと声発して立ち上がり、そのまま去っていった。永徳はじめ一同は平伏したまま信長を見送った。

友松もまた頭を下げていたが、初めて間近に信長を見て、胸が騒いだ。

（あの男によって、父や兄が殺され、海北家は亡ぼされたのか）

できることなら、この場で討ちかかりたい、と思ったが、何の武器も持たない絵師ではどうしようもなかった。

そのとき、永徳が振り向いて、にやりと笑い、

「今日の上様より、『馬揃《うまぞろ》え』のおりの上様の方が絵になったな」

と囁くように言った。

信長はこの年二月に京で、五畿内および隣国の大名、小名《しょうみょう》、御家人《ごけにん》を召し寄せて駿馬《しゅんめ》を集め、天皇の叡覧《えいらん》に入れる『馬揃え』という式典を行った。

内裏《だいり》の東に馬場を設けると、高さ八尺の柱を立てて毛氈《もうせん》を敷き、まわりに柵を結《ゆ》いまわして席を作った。

さらに、御所の東門の外に金銀を散りばめた豪華な行宮《あんぐう》を建て、ここに公家の摂《せっ》家《け》や清華家《せいがけ》の面々が一堂に会して天皇の座所の四面を守護し、左右に作られた桟敷《さじき》に公家たちが居並んだ。

信長は下京《しもぎょう》本能寺を辰《たつ》の刻《こく》（午前八時頃）に出て室町通りを上り、一条を東に出て馬場へ入ったが、その行列は、

一番　丹羽長秀と摂津衆、若狭《わかさ》衆、西岡《にしおか》の河島氏《かわしまうじ》
二番　蜂屋頼隆《はちやよりたか》と河内衆、和泉《いずみ》衆、根来《ねごろ》寺の内大《だい》ケ塚《がつか》・佐野衆
三番　明智光秀と大和・上山城衆《じょうざんじょう》
四番　村井作右衛門《むらいさくえもん》、根来・上山城衆
と続き、これに御連枝《ごれんし》衆、公家衆、馬廻《うままわ》り衆、御小姓衆、越前衆、弓衆などが後続した。
これらの行列の騎馬《きば》はいずれも人目を驚かす駿馬ぞろいで、
鬼葦毛《おにあしげ》
小鹿毛《こかげ》
大葦毛
遠江《とおとうみ》鹿毛
こひばり
河原毛《かわらげ》
が馬蹄《ばてい》を響かせて通り過ぎるたびに、見物席からは嘆声《たんせい》がもれた。馬に付き添う中間《ちゅうげん》衆の出立《いでた》ちも、立烏帽子《たてえぼし》に黄色の水干《すいかん》、白袴《しろばかま》、素足《すあし》に草鞋《わらじ》という派手やかさだった。

そして行列の中央にいる信長は、描き眉に金紗《きんしゃ》の礼服という装束《しょうぞく》だった。唐《とう》冠《かんむり》を被り、後ろには能の高砂大夫《たかさごだゆう》の出立ちなのか、花を立てていた。あるいは、

――梅花ヲ折リテ首ニ挿《さ》セバ、二月ノ雪衣ニ落ツ

という心を表したのであろうか。紅梅に白檀《びゃくだん》、桐唐草《きりからくさ》といった模様《もよう》で、袖口に縒金《よりがね》を施した蜀江錦《しょっこうにしき》の小袖を着て、肩衣《かたぎぬ》は紅緞子《べにどんす》に桐唐草の柄《がら》で、袴も同様であった。

腰には牡丹《ぼたん》の造花を差し、腰蓑《こしみの》には白熊《はぐま》、御太刀《おたち》と脇差はいずれも熨斗《のし》付きである。さらに腰には鞭《むち》を差し、白革《しろかわ》に桐紋《きりもん》を打った弓懸《ゆがけ》、猩々皮《しょうじょうひ》の沓《くつ》というまさに天人のような壮麗《そうれい》さだった。

「なるほど、あのおりの上様の方が師匠の好みにあいますな」

信長が美しいと思うものを、永徳もまた美しいと感じるのではないだろうか。ふたりはよく似ているし、同時に反発し合うところもあるようだ。

友松は相槌《あいづち》を打ちながら、「馬揃え」のおりに見た明智光秀のことを考えていた。信長への「美濃譲り状」などないことの証となる斎藤道三から日饒上人への手紙の件は、斎藤内蔵助を通じて光秀にも伝わっているはずだ。しかし、その後、光秀には変わった動きは見られない。

（明智様はもはや、信長の家臣になり果ててしまわれたのであろうか）

そんなことを思った。

間もなく、小姓にうながされて皆、大広間を出た。そのとき、奥女中らしい女人が皆に呼びかけた。

「海北友松と申される絵師はおられますか」

友松が顔を向けて、

「わたしだが――」

と言うと、奥女中は頭を下げた。

「御台《みだい》様がお呼びでございます」

安土城で御台様と言えば、帰蝶のことである。友松は当惑して永徳を振り向いた。

永徳は傲然として、

「先に帰っておる」

と言って背を向けて歩き出した。友松だけが呼び止められたことが面白くなさそうだった。

友松はやれやれ、と思いながらも奥女中に従った。

本丸の一室へと誘《いざな》われた友松が入ってみると、はなやかな障壁画の前で帰蝶が座り、茶を点《た》てていた。

奥女中がかしずいているだけで、ほかに客もいないところを見ると、友松のための茶のようだ。友松は静かに座った。

帰蝶はゆっくりと優雅に茶を点て、黒楽《くろらく》茶碗を友松の前に置いた。友松は茶碗を手にして喫《きつ》する。

その様を見て帰蝶は微笑みながら、口を開いた。

「信長様と狩野永徳殿はよく似ておられる気がいたしますが、そなたはどう思いますか」

はて、「美濃譲り状」の話かと思ったが永徳の話であったのか、と思いながら、友松は首をひねりつつ答えた。

「さようですな。わが師匠ながら、永徳は際限もなく空の高みに昇っていくようなところがございます。そのようなところは上様に似ているかもしれませんな」

「ひとは鳥の翼《つばさ》を持たぬのに、さように高い天の高みに昇れるのでしょうか」

友松は喫し終えて黒楽茶碗を畳に置いた。

「さて、昇りつめて神となるか、それとも陽《ひ》の光に焼き殺されるか、いずれかかもしれませんな」

冗談《じょうだん》めかして友松が言うと、帰蝶は微笑んだ。

「永徳殿は鳥ではありますまい。ひとの子であれば、どれほど高く飛ぼうともいずれは落ちましょう。それは、信長様とて同じこと――」

帰蝶がさりげなく言うと、侍女らしい女が、

「御台様、さようなことを申されましては」

と声をひそめて言った。

帰蝶は侍女を振り向きもせずに答える。

「よいのじゃ。わたくしは絵師殿の話をしているのですから」

帰蝶は友松に顔を向けた。

「そなたには、『美濃譲り状』がなかったことを知らせてもらいました。しかし、わたくしはそのようなものがないことは知っておりました。ただ、誰にも言わずに黙っていたのです」

友松は目を瞠った。

「なぜにございますか」

「美濃を取ろうとされているころの信長様には美濃を得て、さらに京に上り、天下

に武を布《し》いて戦のない安寧な世をつくろうというお心がおありだったからです。それはわが父にもありました。油商人の子であると謗《そし》られながら、あらゆる手を使って出世の階段を昇って美濃を取ったのは、いずれ上洛して天下を治め、戦をなくしたいと思われていたからです」

　帰蝶はため息をついた。

「さようでございましたか」

　友松がうなずくと、帰蝶は目を閉じて、しばらく思いをめぐらせている様子だったが、ゆっくりと瞼《まぶた》を上げた。

「日饒上人は六年前に病で亡くなりましたが、父の遺児のひとり、日覚《にちがく》上人はいま美濃の常在寺《じょうざいじ》の住職を務めています。斎藤道三の家は法華宗なのです。その法華宗を『安土宗論』にて裏切った信長様を、斎藤道三の血は許さぬでしょう。道三の血は受けずとも、魂を受け継いだ者はおります。その者が上様を討つことになりましょう」

　友松は息を呑んだ。

「それでは御台様はご決意なさいましたか」

「決意など、とっくにいたしております。信長様はいつのころからか、天下を安寧たらしめる志を忘れられた。わたくしがいとおしく思った信長様はもはや、この世におられぬ。この世にあるのは、かつての信長様の亡骸《なきがら》じゃ。ならば、亡骸の始末をいたすは、妻たるわたくしの務めでありましょう」

帰蝶は静かに言った。

「では、美濃衆が起たれるのでございますな」

友松の額に汗が滲んだ。

「このまま捨て置いては父、道三が浮かばれぬでしょう。わたくしは信長様を狩る鷹野《たかの》をいたす所存です。そのために美濃の鷹を解き放ちました。この後は、信長様がわが法華の張った罠に落ちるのを待つばかりです」

かつて斎藤道三に国を乗っ取られた美濃の守護大名、土岐頼芸《ときよりよし》は画技に優れ、特に鷹の絵を好んで描いた。獲物《えもの》を狙う猛禽《もうきん》の鋭さと風格を湛えた鷹の絵は、「土岐の鷹」として珍重《ちんちょう》された。

帰蝶はそんな美濃の鷹を放つというのだ。

傍らの侍女は青ざめてうつむき、帰蝶の言葉を耳に入れまいとしている。

帰蝶は友松を見据えた。

「わたくしの名は蝶ですが、上様はいずれ、法華の蜘蛛《くも》の巣に捕らわれることになりましょう」

帰蝶は毅然として言い放つと、自分のための茶を点て始めた。

友松は帰蝶の清雅《せいが》な横顔を見つめるばかりだった。

二十

友松が安土城から京の狩野屋敷に戻ると、ひさしく会っていない安国寺恵瓊から手紙が来ていた。

開いて見ると、東福寺にお出でいただきたい、とだけ書かれていた。

恵瓊が先頃、師の竺雲恵心から東福寺の塔頭、退耕庵を譲られたことは聞いていた。同時に東福寺の西堂《せいどう》という役職に就いたということも聞いていた。

だが、ここ数年、恵瓊は毛利と織田の戦いの最中にあって使い僧として活躍しているだけに、京に出てくることはめったになかった。

それなのに恵瓊が上洛して退耕庵に入ったとすれば、何か裏があるに違いない、と友松は思った。

少し考えた後、友松は工房の同僚たちに、

「ちと、用事ができたので出かけてくるぞ」

と言い残して門を出た。

京の町を歩き、ひさしぶりに東福寺の門前に立ったとき、友松は感慨を抱いた。生家を出て、この寺で人生の大半を過ごし、いつかは還俗して武士になりたいと思い続けた。

ようやく還俗こそしたものの、いまは狩野派の絵師であるに過ぎない。しかし、かつては焦慮《しょうりょ》に悩まされたが、いまはそれほどでもない。

たとえ永徳の下働きとはいえ、絵を描いていると、友松の心は落ち着き、澄んでいくのだ。しかも、永徳の天才的な画業を間近に見ていると闘志《とうし》が湧いた。

永徳に負けない絵を描くという目標は、一生をかけるに足るものだ、といまでは思うようになっていた。

ゆっくりと山門をくぐった友松は、慣れ親しんだ東福寺の境内を歩いて退耕庵を訪ねた。訪いを告げると、小坊主が出てきて、すぐに奥へと案内した。

法衣《ほうえ》を着た恵瓊はにこやかに友松を迎えた。若いころはほっそりとして華奢《きゃしゃ》だった恵瓊もすでに四十歳を超えて、みっしりと肉がつき、貫禄を増していた。

「何の用だ」

友松が座りながら、昔と変わらぬ無愛想さで訊いても、恵瓊は顔色を変えることもなく穏やかな口調で、

「さしたることではございません」

と答えた。友松は苦笑した。

「さしたることでないというのは、大嘘だろう。いまや西国の雄《ゆう》、毛利家の外交僧として織田家を度々、苦い目に遭わせてきた安国寺恵瓊殿が、わざわざ京に出てきているのだ。狙いは織田に痛撃《つうげき》を与えることに違いない」

実際、羽柴秀吉が総大将となった織田方の中国攻めに際して、調略により播磨の別所長治《べっしょながはる》、摂津の荒木村重《あらきむらしげ》を寝返らせて、織田方の戦略を頓挫《とんざ》させたのは恵瓊だった。

もし、恵瓊が毛利にいなければ、秀吉はとっくに中国筋を席巻《せっけん》して毛利本国に迫っていただろう。

恵瓊は、ほほ、と笑った。

「拙僧はさほどの大物ではございません」

「いや、大物だとも。されど、その大物の陰で亡びていく者がいることを忘れてもらっては困るぞ」

友松は恵瓊をじろりと睨んだ。恵瓊は少し考えてから、

「上月城《こうづきじょう》の尼子勝久様や山中鹿之助様のことを言われているのですな」

「そうだ。尼子勝久様はわれらと同様、かつて、この東福寺で僧侶として過ごされた。仏縁、浅からぬことを思えば忘れるわけには参るまい」

織田方の先駆けとして播磨の上月城に入った尼子勝久は、恵瓊が別所長治を寝返らせ、毛利軍が進攻すると、敵軍に包囲されて孤立した。

秀吉は上月城救援を請うたが、信長はこれを許さなかった。このため、勝久は自らが切腹して城兵の命を救おうと決意した。

天正六年（一五七八）七月三日《こ》──

尼子勝久は切腹、山中鹿之助は上月城を出て毛利に降《くだ》った。

しかし、備中松山《まつやま》の毛利本陣に向かう前、鹿之助は高梁川《たかはし》の渡しにさしかかったところで、毛利の兵によって囲まれて斬られた。

友松は大きくため息をついた。

「山中鹿之助はまさに武士の亀鑑《きかん》とするに足りる男であった。それをだまし討ちにするとは、毛利には武士の情けというものはないのか」

恵瓊は眉ひとつ動かさず、

「すべては武略でございましょう。山中鹿之助殿にも、降ると見せて毛利様に近づき殺《あや》めようとの武略があったのではございますまいか」

「そうであろうが、ならば、武士らしく立ち合って死なせてやってもよかったのではないのか」

友松はうんざりした顔で言った。

「さような隙を与えれば、山中鹿之助殿ならば、囲みを破って脱出し、また毛利に仇《あだ》なすに違いないと思われたのでしょう。山中殿にとって、武士としての冥利《みようり》に尽きることではございませんかな」

恵瓊は淡々と言った。

「外交僧だけに、ああ言えばこう言うと、巧みなものだな。それでは別所長治や荒木村重を寝返らせた調略にも、さぞや大層な理屈がついているのであろうな」

別所長治は三木城《みきじよう》に籠もって織田方に抗したが、秀吉の兵糧攻め、いわゆる、

――三木城の干殺《ひごろ》し
に遭い、二年の籠城の後、昨年、長治の一族が切腹して開城していた。

一方、荒木村重は、摂津の有岡城《ありおか》で籠城したものの、織田方に包囲されて持ちこたえられず、天正七年九月に、家族や兵を見捨てて単身で城を脱出して、嫡男、村《むら》

次《つぐ》の居城である尼崎《あまがさき》城へ移った。

哀れを極めたのは、有岡城に残された村重の重臣や家族たちだった。

村重の裏切りに激昂した信長は、有岡城の女房《にょうぼう》衆百二十二人を、尼崎近くの七《なな》松《まつ》で鉄砲や長刀《なぎなた》で殺させた。

その様は、『信長公記』によれば、

――百二十二人の女房一度に悲しみ叫ぶ声、天にも響くばかりにて、見る人目もくれ心も消えて、感涙押さえ難し。

という悲惨さだった。調略に応じたふたりの武将が敗れたことを、恵瓊はどう考えているのか友松は聞きたかった。

「大層な理屈というわけではございませんが、おのれを偽って主君に忠義を尽くすことはよくあることです。しかし、寝返り、裏切るのはひとの真《まこと》の心によってです。拙僧は別所様、荒木様を真の心に立ち返らせたに過ぎませぬ」

「真の心じゃと?」

友松は首をかしげた。恵瓊はつめたい笑みを浮かべる。

「有体に申せば、別所様も荒木様も信長が嫌いだったということでございます。嫌いな者には仕えたくないという本心に従ったまででございますから、誰を恨むこともありますまい」

友松は大げさに首を横に振って見せた。

「まことに、仏の慈悲《じひ》のかけらもない考え方だな。僧侶だと名乗っているのが恥ずかしくはないのか」

恵瓊は素知らぬ風に受け流して、

「ひとの悪を誇るばかりで、おのれは何もせず、絵を描いておられる友松殿よりはましでございましょう。拙僧が間違っていると思われるのであれば、友松殿が正しき行いをお示しになられればよいだけのことです」

と言った。

友松は苦笑して、頭に手をやった。

「なるほどな、これはやられた。さすがに毛利の外交僧は手強《てごわ》いものだな」

恵瓊は、軽く頭を下げてから言葉を続けた。

「さて、戯言はともかく、拙僧がおうかがいしたいのは、織田家中で真の心を表す者がこれから出て参るか、ということでございます」

ふうむ、とうなっただけで友松は答えない。

恵瓊はじろりと友松の顔を見つめた。

「友松殿は、妙覚寺の日饒上人から、『美濃譲り状』などなかったという証拠の手紙を手に入れられたのではありませんか。その後、安土城に出入りされていたのですから、美濃の衆、さしずめ明智光秀殿にその手紙をお渡しになられたのでしょう」

友松はそっぽを向いた。

「そのようなことはないな」

実際、手紙を渡した相手は帰蝶なのだから、嘘ではない、と友松は思った。だが、恵瓊はくっくっと笑った。

「拙僧がたしかめたかったのは、友松殿が日饒上人から手紙を託されたかどうかでした。いまのお返事は明智殿には渡していないというものでした。ということは、手紙はいったんは友松殿に渡ったということですな」

友松は恵瓊のしたり顔を睨んだ。

「さすがに知恵がまわるな。しかし、自らの知恵を誇るのが恵瓊殿の弱いところだ。これ以上のことは話すまい」

恵瓊は笑顔でうなずいた。

「それがよろしゅうございます。気が進まぬことはお話しにならないのが一番、ようございます。何も言われなくとも結構でございます。ただ、拙僧の独《ひと》り言《ごと》に耳だけは貸していただきたい」

友松は無表情なまま何も答えない。恵瓊はそんな友松の顔をさりげなくうかがいながら口を開いた。

「さて、明智殿に渡っていないことは、先ほどのお返事で明らかじゃ。されど、渡す相手は美濃衆に限られておるはずですから、次に考えられるのは斎藤内蔵助殿ですな。斎藤殿も信長はお嫌いのはずですから、『美濃譲り状』がないとわかれば兵を挙《あ》げるかもしれませんな」

恵瓊は、目を細めて友松を見つめた。しかし、友松は口をつぐんだままで眉ひとつ動かさない。

これも、違うか、とつぶやいて恵瓊は考え込んだ。

友松は鼻で嗤って言葉を発した。

「いいかげんにしたら、どうだ。わたしは何も話さぬと決めた。いくら、探ろうとしても無駄なことだ」

恵瓊はゆっくりと頭を横に振った。

「さにあらず、ひとは隠そうと思えば、思うほど何事かを語ってしまうものでございます。友松殿がそれほどまでに頑《かたく》なに話さぬのは、相手が明智殿よりも身分のある方なのかもしれませんな。しかし、もし、さようなひとから、黙るように命じられれば、友松殿は却《かえ》って話してしまいましょう」

「どうだかな」

友松は顔をそむけた。その表情を恵瓊は見逃さない。

「なるほど、図星《ずぼし》のようですな。身分があって、なおかつ友松殿がかばい立てする相手とは、どのような方か――」

恵瓊は目を閉じて考えていたが、不意に瞼を上げた。

「女人ですな」

友松は顔をしかめた。

「馬鹿な、さようなことがあるものか」

「ほう、友松殿の心が動きました。さしずめ、相手は友松殿がかばい立てしたくなるような、美しい女人ということですな――」

恵瓊は言葉を切ってさらに友松の顔を見つめていたが、不意に笑い出した。

「これは迂闊《うかつ》でした。『美濃譲り状』に関わる手紙を渡すべき相手は、最初からひとりしかいませんでしたな」

「誰だというのだ。言ってみろ、とんでもない間違いを笑ってやるぞ」

凄みを利かせて友松が言うと、恵瓊は落ち着いた声で言い放った。

「信長の御台所、帰蝶御前でございますな」

友松は違うと言おうとしたが、声が出なかった。

「なるほど、帰蝶御前に手紙は渡りましたか。だとすると、何かが起こりますな」

恵瓊は額に手をやって考え込んだ。

友松は、諦めて、

「信長はいずれ、法華の蜘蛛の巣にかかることになるやもしれん」

と言った。恵瓊は目を瞠った。

「法華の蜘蛛の巣とは何のことでございますか」

「頭のいい恵瓊殿ならひと晩考えればわかるであろうよ」

友松は立ち上がると、辞去の挨拶もせずに部屋を出ていった。

取り残された恵瓊は呆然として考え込むのだった。

二十一

織田信長が土佐の長宗我部元親を攻めようとしているという噂を友松が耳にしたのは、天正十年（一五八二）五月のことだった。

四国統一を目前にした長宗我部元親に対し、信長はこれまで、四国は手柄次第切り取ってよい、としていたが、前年末に、土佐一国と阿波南半国の領有を認めるが、伊予と讃岐は返還するよう命じた。

元親は、自分の力で切り取った領土をなぜ返さねばならないのだ、と信長の命を断固として拒《こば》んだ。

このためこの年一月、明智光秀の家臣で、斎藤内蔵助の実兄である石谷頼辰《いしがいよりとき》が義弟に当たる元親を説得するべく四国に渡ったが、元親は応じようとはしなかった。

信長はこの時期、宿敵の武田勝頼《かつより》を討ち亡ぼすべく軍を発していた。この年二月、勝頼の親族衆である木曾義昌《きそよしまさ》が織田と通じて離反した。

勝頼が義昌を征伐しようと木曽に向かうと、その留守にやはり親族衆の穴山梅雪《あなやまばいせつ》が徳川家康に内通するなど、武田はしだいに追い込まれていった。

同月、信長の長男信忠《のぶただ》が木曽に兵を出し、さらに信濃《しなの》国伊那《いな》郡へ入り、三月二日には高遠城《たかとおじょう》を落とした。

勝頼は新府《しんぷ》城に火を掛けて、甲斐《かい》国都留《つる》郡の岩殿《いわどの》城へ向かった。しかし都留郡領主の小山田信茂《おやまだのぶしげ》の離反に遭って行き場を失い、三月十一日には、一族とともに山中で自害して果てた。

これにより武田家は滅亡した。

信長は四月十日に武田攻めの戦後処理を終え、安土へ向け出発した。だが、性急な信長にしては珍しく東海道を帰路に選び、富士山などの名所を見物、徳川家康の念入りな接待を受けた。

二十日には岐阜に戻り、さらに美濃で稲葉一鉄らの接待を受けた後に、一カ月半の遠征を終えて安土に戻った。

その後、信長は東海道で受けた接待の礼のために、家康を安土に招いた。接待役をまかされたのが明智光秀である。

この時期、柴田勝家が率いる北陸方面軍が上杉氏の越中魚津《えっちゅううおづ》城攻めを行っていた。滝川一益《たきがわかずます》は、武田氏の滅亡後、上野《こうずけ》の厩橋《まやばし》城に入城し、越後の上杉景勝《かげかつ》をけん制しつつ関東や東北の諸大名と外交を繰り広げていた。一方、羽柴秀吉は備中の高松城を水攻めにするなど、織田勢は各地で戦っていた。

　これに加えて信長の三男、神戸《かんべ》信孝《のぶたか》を総大将とした四国遠征軍は、四国に向けて出陣しようとしていた。副将の丹羽長秀や津田《つだ》信澄《のぶずみ》、池田《いけだ》恒興《つねおき》、高山《たかやま》右近《うこん》、中川清《なかがわきよ》秀《ひで》らは各所領にて四国遠征の準備を終え、いまや遅しと出陣を待っていたのだ。

　五月十八日——

　四国攻めが間もなく始まろうとしていると聞いた友松が案じていると、斎藤内蔵助が不意に狩野屋敷を訪れた。

　部屋に通された内蔵助は白い歯を見せて笑った。

「友松殿は相変わらず健勝そうで何よりでござる」

　友松は斎藤殿こそ、と言葉を返した後、

「織田の四国攻めが始まるそうではございませんか」

と言った。

　内蔵助の妹の桔梗は元親に嫁している。桔梗の身の上が気がかりではないかと訊きたかった。だが、武士である内蔵助を憚って口にはできなかった。

「そのことよ。わが兄の石谷頼辰も間に立って苦労したようでござるが、元親め、何分にも頑固者《がんこもの》で言うことを聞かぬようです」

「あの御仁なら、さもありましょうな」

友松は元親の、いかにも野心家めいた顔を思い出した。

元親ならば、おめおめと信長に屈するよりは死を選ぶだろうという気がした。

内蔵助は苦笑して、

「さても織田家の武将は忙しゅうござる。明智様は中国攻めを命じられてござる。われらもただちに従わねばならぬゆえ、今日はお別れに参った」

と言った。

「中国攻めならば、羽柴様が総大将ではございませんか」

「さよう、明智様に羽柴殿の下につけ、というお指図《さしず》でござる」

内蔵助は皮肉な笑みを浮かべた。

「それは、明智様にとって納得《なっとく》できぬことでございましょう」

「得心がいかぬことなら、他にも多々あり申す」

内蔵助の顔にわずかに憤りが浮かんだ。友松は内蔵助の顔を見つめて訊いた。

「帰蝶の方様より、明智様になんぞお話がございましたかな」

内蔵助はゆるゆると頭を横に振った。

「何もござらぬ」

「さようでございますか」

友松はがっかりした。帰蝶は光秀に信長を討てと命じなかったのか。

肩を落として、ため息をつく友松に、内蔵助は謎めいた視線を向けた。

「帰蝶の方からお話があったのは、それがしでござる」

友松は、あっと思った。

帰蝶が信長に放つ鷹として選んだのは光秀ではなく、内蔵助だったのだ。

考えてみれば、内蔵助は本来の美濃斎藤家の血筋であり、信長に美濃を奪われたことを悔《くや》しく思ってきたはずだ。

さらに言えば、光秀はすでに大領を得ており、家臣も抱えているだけに、慎重《しんちょう》に行動せざるを得ない。

だが、内蔵助ならば一騎駆けの武者として決断し、光秀を先導することもできる。信長を討つという恐るべき企てに一身を賭けることができるのは内蔵助なのだ。

「さようでございますか」

友松はあらためて内蔵助を見つめた。信長を討つと決意しながらも、内蔵助の様子には普段と微塵《みじん》も変わるところがない。

（さすがに斎藤内蔵助だ）

内蔵助は妹の桔梗が嫁いだ四国の長宗我部元親が織田勢によって攻められ、あるいは亡びるかもしれない、ということもあって決断したのかもしれない。

いったん決めたからには、内蔵助は放たれた矢のように一直線に進むだけで迷うことはあるまい。

内蔵助はさりげなく言葉を続けた。

「上様は間もなく中国攻めのため、京に出てこられるはず。宿泊されるのは、おそらく本能寺であろう」

友松は息を呑んだ。

――本能寺
とは法華宗の寺である。帰蝶が言った、法華の蜘蛛の巣に信長が捕らわれるとはこのことではないのか。

本能寺に泊まるとすれば、信長を警護するのは、わずかな人数になるだろう。そこを内蔵助が率いる明智勢が襲えば、ひとたまりもあるまい。

内蔵助はさりげなく口を開いた。

「友松殿、絵師になられたからには、画題を求めねばなりますまい。六月一日より、夜っぴて桂川《かつらがわ》に出向かれてはいかがか。数日かかるやもしれぬが、よき景色をご覧になれるのではないか」

もし光秀が丹波亀山城《かめやまじょう》から京に向かうならば桂川を越えねばならない。その様を見届けよ、ということだ、と友松は思った。

「わかり申した」

友松は武者震《むしゃぶる》いしながら言った。

内蔵助は笑った。

「もっとも、待ちぼうけになるやもしれませんぞ。そのおりはご容赦《ようしゃ》ありたい」

「なんの、これほどの楽しみはありません。待ち人来《きた》らずといえども気落ちなどいたしませんゆえ、ご安心ください」

さようか、と言って内蔵助は辞去していった。

五月二十九日――

神戸信孝を総大将に丹羽長秀、蜂屋頼隆、津田信澄を副将として近江や伊賀《いが》、丹波、紀伊《きい》などから動員された四国遠征軍一万五千が住吉《すみよし》に着陣した。

信長も同日、安土を出立し申《さる》の刻（午後四時頃）、雨の中、京での「馬揃え」以来、一年三カ月ぶりの上洛を果たして本能寺に宿した。
一方、中国出陣を命じられた明智光秀は近江坂本城に帰り、二十六日、坂本を発して丹波亀山に入り、愛宕山《あたごやま》に参籠《さんろう》して連歌師《れんがし》里村紹巴《さとむらじょうは》らと連歌の会を興行した。
この間、光秀は斉藤内蔵助ら重臣たちと密議した。光秀から何事かを打ち明けられたのは、
娘婿の明智左馬助秀満《さまのすけひでみつ》
従兄弟《いとこ》の明智次右衛門光忠《つぎえもんみつただ》
藤田伝五行政《ふじたでんごゆきまさ》
斎藤内蔵助利三
である。
六月一日夜、光秀は一万三千の軍を率いて出陣した。この際、兵たちには、
「上様（信長）が中国出陣の閲兵《えっぺい》を行うので京に向かう」
と告げた。
前日まで降り続いた雨でぬかるんだ丹波街道を、明智勢は京に向かって進軍した。
老ノ坂《おいのさか》を越えて沓掛《くつかけ》に到着すると、光秀はいったん兵馬を休めた。

その間に、安田作兵衛《やすださくべえ》を先発して京に向かわせ偵察《ていさつ》させた。同時に、明智勢の中から信長に通報しようとする者が出ないかを警戒した。

六月二日未明――

明智勢は桂川西岸に到着した。

光秀はここで戦闘の用意をさせた。

このとき、友松は対岸の葦の繁《しげ》みに潜んでいた。

一晩、寝ずに待ち、今日は来ないのかと思ったころ、薄闇《うすやみ》の中から人馬がひしめく音が伝わってきた。

緊張して目を凝《こ》らすと、黒々とした軍勢が対岸に姿をみせた。

やがて、軍勢が桂川を渡り始めた。

空が、やや白《しら》み始めている。

桂川を長い列になって押しわたる軍勢を見たとき、友松は緊張で体が震えた。

明智勢はいまから、覇王《はおう》信長を討とうとしているのだ。そう思うと、興奮が体中を駆け巡る。

（わたしはかつて明智様は蛟龍に違いない、と思ったが、いままさに龍として天に

駆け昇ろうとしているのだ）

友松は思わず、葦の繁みから飛び出し、川岸に走り出た。

明智勢の動きを残らず見届けたい、と思った。

この一軍が戦国の世の流れを一気に変えようとしているのだ。その様はあたかも暗黒の雲間を切り開いて、龍が姿を現わしたかのようだ。

そう思いつつ眺めたとき、友松の目には、

――雲龍《うんりゅう》
の姿が映じた。

龍は仏の教えを助ける八部衆のひとつで龍神《りゅうじん》と呼ばれる。多くの寺で僧侶が仏法を説く法堂《はっとう》の天井に龍を描く。龍神が水を司《つかさど》る神であることから、仏の教えである法の雨を降らすという意味が込められている。

（信長の非道に苦しむ民を救うため、明智様は龍神となられるのだ）

信長の誅殺は光秀の私怨《しえん》ではなく、

――天の裁《さば》き
だと友松は思った。

その明智勢を先導しているのは、斎藤内蔵助に違いない。薄闇の中、馬を鞭打たせて進む内蔵助のあたかも摩利支天《まりしてん》のような姿が見える気がした。

友松は歓喜の叫びをあげるのを必死に堪《こら》えながら、明智勢の渡河《とか》を見守った。


静まり返った京の町に明智勢は乱入し、本能寺を囲んだ。

この夜、信長の嫡男、信忠は、羽柴秀吉への援軍に向かうべく京の妙覚寺に泊まっていた。信長の警護をするのは小姓衆三十人ほどだったが、信忠は五百の手勢とともにいた。

それなのに明智勢の京への進軍に気づかなかったのは、信長と信忠がともに法華宗の寺に宿泊していたため、駆け付ける者があっても取り次がれず、いわば耳をふさがれていたためかもしれない。

明智勢が四方より本能寺に攻め込んだとき、すでに異変に気づいていた御番《ごばん》衆や小姓衆は一団となって応戦した。だが、衆寡敵《しゅうかてき》せず、相次いで討ち死にしていった。

信長は初め弓を持って戦ったが、どの弓もしばらくすると弦が切れたので、次に槍を取って敵を突き伏せて戦った。それでも肘《ひじ》に槍傷を受けると、奥に退き、この際、付き従う女房衆に、

「女はくるしからず、急ぎ罷《まか》り出でよ」

と逃げるよう指示したという。すでに本堂に火がかけられていて、信長の近くまで火の手が及んでいた。

信長は殿中の奥深くに籠もり、内側から納戸《なんど》を閉めて、切腹して果てた。

討ち入りが終わったのは辰の刻（午前八時頃）だった。

明智勢は本能寺の焼け跡から信長の遺体を探したが見つからなかった。

信長は脱出したのではないかと光秀が不安になって焦燥《しょうそう》していると、これを見かねた斎藤内蔵助が、

「信長が火の手の上がる奥へと入っていくのを、それがしが見てござる」

と言って安心させた。

内蔵助の言葉を聞いた光秀は、ようやく信忠への攻撃に向かった。

妙覚寺にいた信忠は光秀が信長を襲ったとの急報を受けて、いったんは本能寺に向かおうとした。

だが、本能寺の四門は明智勢に囲まれており、蟻《あり》の這《は》い出る隙間もないと知らされて、信長の救出を断念した。

さらに明智勢が妙覚寺に押し寄せようとしていると聞いて、二条新御所に籠もる

べく、妙覚寺を出た。

二条新御所家臣の中から「安土に向かうのが上策でございます」と、二条新御所から退去すべきだとの進言が相次《あいつ》いだ。しかし、信忠は、

「これほどの謀反だから、敵は万一にも我々を逃《のが》しはしまい。雑兵《ぞうひょう》の手にかかって死ぬのは、後々までの不名誉、無念である。ここで腹を切ろう」

と覚悟のほどを示した。

やがて、午《うま》の刻（正午頃）になって、明智勢一万が押し寄せると、信忠勢は門を開けて討って出た。三度まで寄手《よせて》を撃退したほど獅子奮迅《ししふんじん》の働きをした。

だが、明智勢が近衛前久《このえさきひさ》邸の屋根に登り、鉄砲で狙い撃つと信忠勢の死傷者が多くなり、明智勢はついに屋内に突入し、火を放った。

一門衆や近習《きんじゅう》、郎党《ろうどう》がことごとく討ち死にし、火の手がまわってくる中で信忠は自刃《じじん》した。

友松は明智勢がひしめく京の町中を歩いて、本能寺や二条新御所の焼け跡を見てまわった。

一代の覇王信長の最期《さいご》はいかにもあっけなく、信長が身にまとったあらゆる絢爛豪華なものも灰燼に帰した。だとすると、信長とともにあった永徳の絵も亡びるだ

ろう、と友松は思った。

そんな永徳の絵に取って代わるのは、質実剛健《ごうけん》にして気概に満ちた絵ではなかろうか。そのような絵を描く者は天下に自分ひとりだ。

友松の脳裏にはこれから描くことになるであろう、

――雲龍図

が浮かんでいた。

二十二

明智光秀の謀反により、織田信長が死んだとの報せを恵瓊にもたらしたのは、中国攻めで羽柴秀吉の参謀役を務めている黒田官兵衛《くろだかんべえ》（孝高《よしたか》）だった。

羽柴勢は備中高松《たかまつ》城を水攻めにしており、落城寸前だった。毛利方として高松城に籠もる清水宗治《しみずむねはる》をこのまま見殺しにしては毛利家の名折れになる。そのため、恵瓊は何度か官兵衛と和睦の交渉を進めてきた。

だが、この日ばかりは、官兵衛の方から、

――話がある

とふたりがいつも会談場所にしていた寺に来るように文《ふみ》を寄越《よこ》したのだ。恵瓊がわずかな供だけを連れて急いで赴くと、官兵衛は本堂の片隅でうずくまっていた。恵瓊がいつもなら恵瓊が着くなり、陽気な声をかけてくる男が陰鬱《いんうつ》な様子で押し黙っている。

(よほどの大事が起きたな)

恵瓊は緊張した面持《おもも》ちで官兵衛の前に座った。官兵衛は懐から書状を取り出して恵瓊の前に置いた。

「まず、これをご覧になられよ。話はそれからだ。断っておくが、われらに腹の探り合いをしている暇はない。書状を読んで、われらと手を握るか、ここで死ぬか、ふたつにひとつじゃ。心して読まれよ」

恵瓊はうなずいて読み始めたが途中で思わず、あっと声を上げた。官兵衛がじろりと氷のような視線を向ける。

恵瓊は目を皿のようにして書状を読んだ。信長の側近、長谷川宗仁《はせがわそうにん》からのもので、明智光秀が謀反を起こし、本能寺に宿泊していた信長を襲った。おそらく信長は生きてはいないだろう、と書かれている。

恵瓊は読み終えると、もう一度、最初から目を通したうえで書状を官兵衛に戻した。

頭が目まぐるしく回転している。明智の謀反であるからには、斎藤道三の「美濃譲り状」が偽物であることを知った美濃勢が積年の恨みを晴らすために決起したのだろう、と思った。

友松に「美濃譲り状」について調べるように唆《そその》し、さらには織田家中の美濃衆に「美濃譲り状」は偽りであったことが伝わるように仕組んだことが無駄ではなかった。しかし、これほどの大事になるとは夢にも思わなかった。

（どうしたらよいのか）

恵瓊は目を閉じた。

永年、修行した座禅により、おのれを無にしようと思った。頭が真っ白になった、と感じた次の瞬間にはいかにすべきかの策を思いついていた。

恵瓊は落ち着いた様子で瞼を上げて官兵衛を見据えた。

「まず、黒田殿の策をうかがおう」

うむ、とうなずいた官兵衛は、

「和睦をいたしたい。そのためには清水宗治殿に腹を切ってもらわねばならぬ。清水殿の首があれば、領国はいらぬ。毛利は安泰《あんたい》でござる」

と言った。恵瓊は鋭い目を官兵衛に向けた。

「それで、和睦した後、羽柴殿はどうなさる」

「知れたこと、ただちに上方に馳せ上り、逆賊の明智光秀めを退治いたす」

「それからは――」

恵瓊はうながす。官兵衛はにやりと笑った。

「羽柴様には天下人たる器量がおありじゃ。明智光秀を討った後は天下取りの戦が待っているであろう。すなわち、いまここで毛利がわれらに恩を売れば、天下人に恩を売ったことになるのだ」

「なるほど、しかし、それは無事に明智を討ち、さらには織田家中の争いを勝ち抜いてこそでございますな」

恵瓊は薄く笑った。官兵衛は大きく頭を縦に振った。

「いかにも、これは博打《ばくち》だ。だが、わたしは勝ち目はあると思っている。どうだ、われらに有り金すべてを賭ける気はないか」

恵瓊は顔を官兵衛に寄せ、読経《どきょう》で鍛えたよく通る声で、

「賭けましょう」

と言った。官兵衛は無言でうなずく。

恵瓊は立ち上がった。

「どうするつもりだ」

官兵衛が目を光らせて訊いた。

「この足で高松城に赴き、清水宗治殿に腹を切るよう説《と》きます。毛利家が決めるのを待っていては時がかかり過ぎますゆえ」

恵瓊が出ていこうとすると、官兵衛が首をかしげた。

「本能寺の一件を聞いての即断、まことに見事だが、いささか早過ぎるようでもある。恵瓊殿、ひょっとして、あらかじめ何かを知っておられたか」

「何も存じませぬ。すべては御仏《みほとけ》のお導きでございます」

恵瓊はにこりとして言い残すと本堂を出ていった。


六月四日――

恵瓊の説得を受け入れた清水宗治は、高松城を囲む水面に舟を出して見事に切腹して果てた。これを見定めてから秀吉は撤退を開始し、一路、上方へと向かった。

このときには毛利の陣営にも「本能寺の変」が伝わってきた。

吉川元春が歯ぎしりして、

「羽柴にだまされたぞ。いますぐ追手《おって》をかけよう」

と言い募った。これに対して、恵瓊は、

「お待ち下さい。羽柴は主殺しの大罪人を討つべく上方に向かっておるのです。これを邪魔立てすれば、毛利家は主殺しに味方するのかと世間に嗤われまするぞ」

と説いた。だが、元春はうるさげに言い返した。

「坊主の分際で小賢《こざか》しいことを申すな。羽柴を討った後、明智を討ち亡ぼせば文句はあるまい。さすれば毛利が天下人となるのだ」

恵瓊がなおも言おうとする前に小早川隆景が口を挟んだ。

「兄上、それはなりますまい」

元春は隆景を睨んだ。

「なぜ、ならぬなどと言うのだ」

「お忘れですか。父上が毛利家は天下のことに関わってはならぬ、と遺言されたではありませんか。いま、羽柴に追手をかければ、否応なく天下人たらんとする者たちの争いに巻き込まれることになります。さすれば、ここは静観いたすが上策でございます」

怜悧な隆景の言葉に元春はそっぽを向いて黙った。頃合《ころあ》いはよいと見た恵瓊は、

輝元に向かって、

「小早川様の仰せ、まことにごもっともと存じます」

と言上《ごんじょう》した。

輝元はうなずいて、

「羽柴とはすでに和睦をいたしした。信長が死んだからといって約を違《たが》えては毛利の名が廃る」

ときっぱり言った。輝元の言葉で決まった、と恵瓊はほっとした。後は、羽柴秀吉が明智光秀を討ち果たせるかどうかだ。そう思った恵瓊は、かつて、秀吉のことを毛利への書状で、

――さりとてはの者
と書いたことを思い出した。

(さりとてはの者ゆえ、何とかやってのけるであろう)

恵瓊は胸中で嘯《うそぶ》いた。秀吉が成功すれば、自分にも上方での栄達の道が開けるかもしれない、という考えが頭を過《よぎ》った。そのときには友松にも功労を褒めて、何がしかの礼をせねばならないだろう。

恵瓊はそんなことを思いながら、撤退の準備があわただしく進められる毛利の本

陣で佇《たたず》んだ。

このころ羽柴勢は上方へ向かって、後に、

――中国大返し

と呼ばれる猛烈な進軍を行っていた。

一方、本能寺で信長を討った明智光秀は、安土城を接収し、さらに秀吉の居城である長浜城《ながはまじょう》、丹波長秀の佐和山城《さわやま》を収めて近江と美濃の二カ国を勢力下に置いた。八日に坂本城《さかもと》に帰った後、九日に京に入った光秀は朝廷や寺社に金銀を献上し、京の町民の地子《じし》を免除するなどして人心収攬《じんしんしゅうらん》に努めた。

しかし、このときになって羽柴秀吉が毛利と和睦し、東上しつつあるとの噂を耳にした。半信半疑ながら光秀は鳥羽《とば》に出陣して、かねてから親しい諸将の参陣を待った。ところが、

細川藤孝・忠興《ただおき》父子

筒井《つつい》順慶《じゅんけい》

中川清秀

高山右近

らはいずれも光秀のもとに姿を見せなかった。これは、光秀が「主殺し」という汚名を着たことと、中国から戻りつつある秀吉が大軍を率いており、その勢いが侮れないことを察知したためでもあった。

光秀は毛利が秀吉の背後を突くことを期待していた。しかし、毛利は動かず、秀吉勢二万六千に対し、光秀はおよそ一万六千で対峙《たいじ》することになった。

坂本城での籠城は不利と見て、山崎に兵を進めた。だが、天王山《てんのうざん》を秀吉についた中川清秀に占領され、十三日午後の戦いで劣勢を覆せず、敗北した。

光秀は勝龍寺城に逃れ、さらに再挙を図るべく、同日の夜になってわずかな手勢だけで坂本へ戻る途中、小栗栖《おぐるす》で土民に襲撃されて深傷《ふかで》を負った。

光秀はもはや助からぬと観念して、家臣の溝尾《みぞお》庄兵衛尉《しょうべえのじょう》の介錯《かいしゃく》で自刃して果てた。

「本能寺の変」において兵を率い、最も働いた斎藤内蔵助は山崎の戦にも従軍し、戦い敗れ堅田《かただ》に逃げたが、土民によって捕らえられた。

十七日には六条河原《ろくじょうがわら》で斬られ、その首級《みしるし》は光秀の首級とともに本能寺に梟《さら》され、さらに屍《しかばね》は粟田口《あわたぐち》で磔《はりつけ》にされた。このとき、斎藤内蔵助利三《としみつ》は四十九歳だった。

二十三

友松にとっては息つく暇もない激動だった。光秀と内蔵助が本能寺で信長を討ったと知ったときは、

「ようなされた。これで、天下は魔王の手から救われるのだ」

と友松は快哉《かいさい》を叫んだ。

光秀が京に入ると、朝廷も町民も歓迎し、沸《わ》き立つような人気を呼んだ。

しかし、そのような騒ぎは、中国の陣にいた秀吉が上方に迫りつつあると伝わると、たちまちかき消えた。

（魔王信長を倒してくれた光秀様の恩を忘れたか）

友松は歯噛みしたが、いったんは光秀を支持したかに見えた朝廷もそのような気配を拭《ぬぐ》い去り、光秀と秀吉の戦いを見守った。

明らかに、この戦いの勝者を新たな天下人として迎えようという構えだった。

友松は苛立ちながら、光秀と秀吉の戦がどうなるのかをうかがっていたが、もたらされた報せは光秀の敗北だった。

（何ということだ）

友松は戦の非情さに戦慄《せんりつ》する思いだった。友松から見れば、敵対する者を根絶《ねだ》やしにしてきた信長の振る舞いは許されるものではない。その信長を倒した光秀こそ、

――正義

であった。しかし、この世は正義とは関わりなく動いていくようだ。だとすると、ひとは何を頼りに自らを律して生きていくのか。ただ、強ければ、力があれば、それでよいのか。

京の狩野屋敷に戻った友松は、絵筆と紙を前にして考え込んだ。

「いや、違う」

友松が大声を発して立ち上がったとき、

「何が違うんや」

と声がした。振り向くと永徳が立っていた。衣服が汚れ、ひどく疲れ切った様子だった。

「そのお姿はどうされました」

友松が訊くと、永徳はその場に頽《くずお》れるように座り込んだ。

「安土に行ってきた」

永徳はぽつりと言った。

永徳の前に膝をついた友松は目を瞠った。安土城は明智勢に占領されたはずだが、今頃は羽柴勢の手に落ちているだろう。いずれにしても殺気立った兵が安土城のまわりにはあふれているはずだ。

永徳は疲労のため目の下にくまができた顔を友松に向けた。

「近くまでは寄れんかったけど、遠くからでもわかった。安土のお城は焼け落ちていた」

「それは明智勢が立ち退《の》く際に焼いたのでしょうか」

友松は眉をひそめた。

「わからん。織田信雄《のぶかつ》様の手の者が焼いたと言う者もいたけど、それはどうでもええ。焼かれてしもたら、わしが描いた襖絵や障壁画も灰になったということや」

永徳は虚しそうに言った。

「それはお気の毒でございます」

友松はそっけなく言った。永徳はじろりと友松を見た。

「力ある者のために絵を描くからそんな目に遭うのだ、という顔やな」

「滅相もございません。ただ、狩野は幕府御用絵師の家柄、天下人のために絵を描き、天下人とともに亡びる定めでございましょう」

　あからさまに友松は言ってのけた。その言葉が永徳の心を揺り動かしたのか、血が上って顔が赤くなった。

「なんやと。たとえ、織田信長が亡びても狩野の絵は亡びんぞ」

「では、どうなさいます。また、新たな天下人のために絵を描きますか。羽柴秀吉は土民あがりと聞いております。信長とは違い、到底、永徳様の絵をわかりはしないのではありませぬか」

　友松はひややかに言った。永徳は友松を睨み据えて言葉を継いだ。

「天下人が誰であろうと、わしに絵を描かせてくれたら、それでええんや。わしの絵がわかろうとわかるまいと、そんなことは知らん」

「それは寂しいことですな」

　ため息をついて友松は言った。

「なんやと」

「絵は見る者の心によって美しさを増すものだ、と存じます。わからぬ者が見ればただ絵具がのたくっているだけでございましょう。されば、誰のためにどのように描くかは絵師にとって大事ではありませんか」

淡々と友松が言うと、永徳は顔をそむけた。

「そないなことはわかっておる。だが、この世はそれでは渡ることができん。代々、幕府御用絵師を務めてきた狩野は、まずは生き抜くことが大切なんや」

「ならば、永徳様は絵のためではなく、狩野の家のために生きておられるのか」

友松は鋭い目で永徳を見た。永徳は微笑んで、

「狩野の家のために生きることが、絵のために生きることなんや。このことは、狩野の家に生まれた者にしかわからんやろ」

と言った。

友松はしばらく考えてから頭を下げた。

「いかにもさようでございました。長らくお世話になりましたが、わたしは本日限りにて狩野一門から出ることにいたします」

「出ていく言うんか」

永徳は諦めたように言った。

「はい、わたしは狩野の血を受けてはおりません。なれば、ここにいる謂《いわ》れがないと存じます」

「出て、どうする言うんや。絵師として食っていくのは、生半可《なまはんか》なことやないぞ」

永徳はからかった。

「たとえ、飢《う》え死《じ》にしようとも、その道を歩みます。それが亡き明智光秀様やわが友斎藤内蔵助の正義の戦いに報いる道だと思いますゆえ」

「なるほど、ご大層なことやな。ほなら、勝手にせえ。そやけど、破門はせえへんぞ。どこに行っても狩野派の絵師と名乗って生きろ」

永徳は手を振りながら言った。友松は立ち上がり、ふたたび頭を下げて、去ろうとした。しかし、背を向けたまま、

「信長は覇王でしたが、美しきものがわかる男でした。わたしは信長とともに絢爛《けんらん》たる絵をつくり上げていく永徳様の見事さに目を瞠る思いでした。されど、新たな天下人のために描く永徳様の絵は見たいとは思いません」

と言い残すと表へ向かった。永徳は何も言わず、中庭に目を遣りながら物思いにふけっている。

友松は狩野屋敷を出ると、真如堂《しんにょどう》を訪ねた。

真如堂の住職、東陽坊《とうようぼう》長盛《ちょうせい》はかねてから友松とは茶の湯の友でもあった。すで

に六十を過ぎているが、壮者《そうじや》をしのぐたくましさで、かくしゃくとしている。

友松が狩野屋敷を出たので、しばらく身を寄せさせて欲しい、と頼むと長盛は快《こころよ》く引き受けたが、ふと眉をひそめて、

「斎藤内蔵助殿の首が本能寺の獄門台に、遺骸は粟田口で磔にしたうえで晒されているのはご存じであろう」

と言った。友松はうなずいた。

「知っているが、無惨に過ぎて見に行ってはおらぬ」

「それはいかんな」

長盛は頭を横に振りながら言った。

「友の亡骸を物見高い京童《きようわらべ》に交じって見物する気にはなれぬのだ」

友松はため息をついた。長盛は静かに言った。

「友松殿はかつては僧侶ではなかったか。仏の教えはひとが生きる美しさだけでなく、亡骸となった無惨な骨をたじろがずに見るところから始まるのではあるまいか。斎藤殿が友であったのなら、その亡骸から目をそむけてはなるまい」

友松ははっとした。

「いかにもそうであった。わたしは絵師となってから、この世の美しいものだけを

見たいと思うようになっていた。いかにも了見違《りようけん》いだった」

「では、明日にも行かれるか」

「いや、気づいたならば、すぐに行くべきであろう。まだ、日が暮れるには間がある。いまから行ってくる」

友松はそう言うと玄関へと向かった。

表に出て歩きながら、斎藤内蔵助の友であると思いながら、処刑された後、遺骸を見に行かなかったのは、まことに不人情だったと思った。

（いや、友としての義に背くと言うべきかもしれぬ）

自らを鞭打つ思いで友松は考えた。

明智光秀と斎藤内蔵助が織田信長を討った戦いを正義の戦である、と讃《たた》えながら、敗死するや自らの身を遠いところに置くのは、何と不実なことだったかと思う。

そう考えながら歩き続けた。

やがて本能寺の前に着いたとき、その思いはさらに強くなった。獄門台に無惨な内蔵助の首級が晒されている。

傷だらけで半ば腐《くさ》れかけたような首を見ると、友松の目から涙が流れた。

（わたしは友の死に泣くことしかできぬのか）

友松は合掌《がっしょう》した後、粟田口に向かった。しだいに日が落ちて道は薄暗くなっていく。

友松が粟田口に着いたときには、すでに日が暮れてあたりは真っ暗になっていた。それでも処刑場には篝火《かがりび》が焚《た》かれていた。

友松が篝火を目当てに処刑場に近づくと、手槍を持った番人が四人立っている。

友松は闇に潜んで処刑場の磔柱《はりつけばしら》を眺めた。

月明かりに黒く磔柱が浮かぶ。

内蔵助の遺骸は磔柱にくくりつけられているようだ。番人たちは篝火のそばに立って磔柱からは少し離れている。

突然、野犬が吠《ほ》える声が聞こえた。数頭の野犬が磔柱に近づいてきた。遺骸から流れ落ちた血の臭《にお》いを嗅《か》ぎつけたようだ。

野犬たちはしきりに磔柱のまわりを嗅ぎ回っていたが、やがて一頭が磔柱に向かって跳《と》び上がった。

友松は愕然とした。

（死骸を食おうとしているのだ）

番人は何をしているのか、と見遣《みや》った。だが、番人たちは篝火のそばで何やらしゃべっては笑い声を上げている。

犬たちを止めようとはしない。友松は駆け寄って野犬を追い払いたかったが、番人に見咎《みとが》められてはまずいと思った。

地面に転がっていた石を拾って野犬めがけて投げた。石が当たった野犬が鳴き声を上げる。友松はさらに、二、三個の石を立て続けに投げた。

石をぶつけられた野犬が悲鳴を上げながら逃げ散ると、さすがに番人は気づいたらしく、あたりをうかがって、

「何者だ」

と怒鳴った。

足音をたてぬよう友松は闇の中を走り去った。

真如堂に戻った友松は粟田口の処刑場のことを話した。

「あのままでは斎藤殿の遺骸が犬に食われてしまう。あれほどの武士の遺骸をさような目に遭わすわけにはいかん」

目を光らせて友松が言うと、長盛はうなずいた。

「もっともなことだ。では、どうされるのか」

友松はあたりをうかがってから、

「明日の夜、処刑場から遺骸を奪い、こちらの寺に葬《ほうむ》りたいのだが、この望みをかなえてくだされようか」

と訊いた。長盛は深々とうなずいた。

「無論のことでございます。拙僧もさようにしたいと思っておりました」

「かたじけない」

友松が頭を下げると長盛は言葉を継いだ。

「しかし、磔柱のそばには四人の番人がいるのでございましょう。見つからずにしてのけるのは難しいかと思いますぞ」

友松はにこりと笑った。

「そのことならば考えた。わたしが四人を引きつけておくゆえ、その間に長盛殿に遺骸を磔柱から下ろして真如堂まで運んでいただきたい」

「仏様を扱うのは坊主の仕事じゃから、それは何ということもないが、番人たちは手槍を持っているのであろう。引きつけていてはとんだ怪我をするかもしれぬし、あるいは命を落としかねませんぞ」

長盛は友松を案じた。

「大丈夫だ、わたしはこれでも武家の出だ。若いころは何とか還俗して武士になりたいものだ、と思っていた。もはや五十となってはそれも夢だが、友の遺骸を奪い取るため、一度だけ、武具を身につけようと思う」

恥ずかしげに友松は言った。

「おう、それはよい。斎藤内蔵助殿を救うための出陣ですな」

「そういうことになろうか」

友松はそれ以上は言葉を発しなかった。

翌日、友松は石谷屋敷を訪ねた。

当主に会うと、斎藤内蔵助殿を弔《とむら》いたい、そのために鎧兜一式と長槍をひと晩だけお貸し願えないか、と頼んだ。当主は深くは訊かずに、

「承知いたした」

と答えてくれた。そして家士に兜と鎧、さらに大刀、脇差、長槍も持ってこさせた。

友松は鎧櫃《よろいびつ》から出された兜と鎧を見て目を瞠った。

黒の頭形兜《ずなり》と当世具足《とうせい》で、兜の前立だけが銀色の月輪《がちりん》だった。

思わず友松がつぶやくと、当主は、

「これは見事な」

「斎藤内蔵助殿が若いころに着用され、その後、当家に預けていたものです。大小と長槍もかつて内蔵助殿が愛用されたものだと聞いておりますから、弔いにはふさわしいと存じます」

と話した。友松は長槍を手にすると、中庭に降りて振ってみた。

風を切る音とともに白刃《はくじん》がきらめく。

友松は前後左右に動きつつ、長槍で突き、さらに回転させて石突《いしづき》で打つ動作を繰り返した。しだいに汗ばんでくると、友松は腹の底から、何か叫び出したいものが湧いてくるのを感じた。しかも体が震えてくる。

友松は咆哮《ほうこう》した。

二十四

その後、夜が更《ふ》けるのを待って友松と長盛は動き出した。

友松は刀を腰にして長槍と鎧櫃をかついだ。長盛は寺男を供にして棺桶《かんおけ》をかつがせている。処刑場から内蔵助の遺骸を奪ったら寺男がかつぐ棺桶に入れて真如堂に戻るつもりだった。

月が出ていた。

青白く照らされた路《みち》を歩いていきながら、友松は、

「こうして夜道を歩いていると、あたかも無明《むみょう》長夜《じょうや》の中を地獄へ向かって歩いているような気がしてくるな。思えば武士というものはかような思いをして戦場へ向かうのかもしれませんな」

とつぶやいた。

長盛は歩きながら答える。

「そうかもしれませんな。しかし、ひとは皆、同じように地獄へ向かって歩いておるのです。武士は槍や刀を持ち、鎧兜に身を固めているだけましなのではありませぬかな」

友松は面白げに長盛の顔を見た。

「だとすると、武器を持たずに生きておる者たちの方が勇ましいということになりますかな」

「そういうことです」

長盛は笑いながら歩いていく。

やがて粟田口へ出た。

友松は木立《こだち》に入って、鎧櫃を下ろすと、長盛に手伝ってもらって具足をつけた。

大小をたばさみ、長槍を持って兜を被り、面頬《めんぽお》をつけた。

長盛は月明かりでじっくりと眺めてから、

「これはなかなかの武者ぶりじゃ」

と嘆声を放った。

長身でたくましい体つきの友松は、見事に具足が似合っていた。

月明かりに浮かぶ姿は、まるで斎藤内蔵助が黄泉《よみ》の国から蘇《よみがえ》ったかのようにも見えた。

友松は石突で地面をとんと突くと、

「では、出陣いたす」

と告げた。

「参られよ。ご武運を祈りますぞ」

長盛は合掌した。

友松はのっし、のっしと歩き出した。

篝火のそばには今日も手槍を持った四人の番人が立っている。

友松が近づこうとしたとき、突然、闇の中から野犬が数頭、飛び出してくると友松を囲んで吠え出した。

（また、犬が来おったか――）

友松は槍を構えた。だが、野犬は槍を恐れるでもなく、さらに激しく吠え立ててくる。

（そうか、この犬たちは昨夜、わたしが石を投げたことを知っているのか）

おそらく臭いでわかったのだろう。野犬たちは昨夜のことを覚えていて、友松に仕返しをしようとしているのだ。

一頭が吠えながら跳びかかってきた。

友松は思わず、長槍で野犬の腹を突き刺した。串刺しにして野犬の体を宙《そら》高く放った。野犬は悲鳴とともに、篝火に近いあたりに落ちた。

篝火のまわりに立っていた番人たちは突然、野犬が宙から降ってきたので驚いた。

さらに、先ほどから野犬が騒いでいるのは、長槍を持った鎧兜の武者に吠えかか

っているのだ、とわかった。友松に気づいた番人たちは、

「怪しい奴だ」

「明智の残党ではないか」

「そうに違いない。亡骸を奪いに来たのだ」

と口々に言うと友松に駆け寄ってきた。

友松は番人たちに気づいて身構えようとしたが、その前に野犬が跳びかかってくる。友松は再び、野犬を突き刺して宙高く飛ばした。

二頭がやられて野犬たちは怯《おび》えるかと思ったが、却って興奮して友松に襲いかかってくる。

しかも番人たちも野犬の攻撃に加わって、友松に手槍で突きかかってきた。

友松は番人の手槍を長槍で払った。すると、番人たちは代わる代わるに突いてくる。友松はこれを払いながら、処刑場から離れようと走った。

長盛が内蔵助の遺骸を磔柱から下ろす時を稼《かせ》ぐためだった。友松が走ると、番人と野犬は呼吸を合わせたかのように追ってくる。

友松は走りながら、兜や鎧を重く感じないのは不思議だと思った。

重いはずの具足が戦場に出れば、その重さが身を守ってくれる頼もしさとして感じるからなのだろう。

友松は野犬を刺し、その血がついた長槍で番人たちの手槍を払った。さらにひとりの番人が突進して突いてくると横に跳び退《の》き、振り向き様に番人の後頭部を長槍の柄《え》で思い切り殴った。番人はうめいて転倒し、気を失ったようだ。

これに味をしめた友松は番人たちを長槍の柄で殴り、石突で突いた。大暴れした友松がふと気づくと四人の番人はそろって気を失って倒れている。

さらに野犬たちも怯えたのか、尻尾を巻いて逃げ始めた。

友松は息切れするのを感じた。いままで軽々《かるがる》と振り回していた長槍が持ち重りした。思わず、あえいで長槍を杖《つえ》にした。

そしてゆっくりと処刑場に向かって歩き出した。もう長盛が内蔵助の遺骸を運び出しているだろうが、念のために確かめるつもりだった。

処刑場に入ると、磔柱があるだけで、すでに内蔵助の遺骸は運び去られていた。月光に照らされる磔柱を見て、友松は涙ぐんだ。

（斎藤殿、わたしにできることはたったこれだけだった。許されよ）

詫びても、とても届かない気がした。

何のために生きてきたのか、と思う。この世に生を享けたからには、何事か成し遂げなければならない、と思い続けてきた。

それなのに、できたことと言えば、内蔵助の遺骸を奪い取って葬ることだけなのだ。

(これで、わたしがこの世で成すべきことは終わったのだろうか)

そんなことを考えていると胸の裡《うち》から、違う、という声が聞こえてきた。

違う、わたしには、もっとやるべきことがあるはずだ。何事かを成さねばならぬ、と思ったとき、安土城とともに灰になった自らの絵のことを思い、呆然としていた永徳の顔を思い出した。

永徳は気落ちしたには違いないが、また絵を描き出すに違いない。それが永徳の業《ごう》なのだ、と思った。

そして同じ業は自分の中にもあるのではないか。絵を描くということは、この世のすべてを絵の中に見出《みいだ》すことだろう。

明智光秀と斎藤内蔵助が夢見た新しい世も、絵の中に見出すことができるのではないか。そんな絵を描こう、と友松は思った。

その後、友松は沈潜《ちんせん》したかのように消息を絶った。

永徳はその後、秀吉に見出されて大坂城の御殿や天守《てんしゅ》、櫓《やぐら》に絵を描いた。秀吉の好みに合わせてふんだんに金泥《こんでい》を使った豪壮、華麗《かれい》な絵だった。唐獅子を描き、檜《ひのき》を描いた。

秀吉が天下人としての地位を固めていくのと歩調を合わせるかのように、永徳の絵は豪奢《ごうしゃ》になっていった。

永徳の絵は、やがて、

――佐佐奇奇《かいかいきき》

などと言われるようになった。どことなく逸脱《いつだつ》して、人間離れした奇怪《きっかい》なものを漂《ただよ》わせているということだろうか。

永徳は自らの画業に常に焦りがあるかのようだった。秀吉や大名からの注文を受け、休むことなく、描き続けた。そんな永徳が倒れたのは、秀吉が天下統一を成し遂げた天正十八年（一五九〇）のことだった。

永徳は絵を描きつつ倒れ、不帰のひととなった。享年四十八。

友松が独立した絵師として世間に顔を出すのは、永徳が亡くなって数年してからのことである。

慶長《けいちょう》三年（一五九八）、秀吉の側近、石田三成《いしだみつなり》が九州に赴くことになった際、是《ぜ》斎重鑑《さいじゅうかん》という人物の紹介で、友松は一行に加わった。是斎はともに旅をすることになった友松について、

――絵かく事に妙なる友松と云《いふ》人は、都出《い》づるより仮の宿りまでも、同じやうにと語らひけり。

と『九州下向記』に記している。

この旅で友松は瀬戸内の名所をめぐり、博多《はかた》では筥崎宮《はこざきぐう》に参り、太宰府天満宮《だざいふてんまんぐう》、都府楼《とふろう》などを見物した。

友松がこの旅に加わったのは見聞を広めようという気持ちもあっただろうが、秀吉の側近の石田三成の面識を得ようという狙いもあっただろう。

狩野派を出た友松は自らの絵師としての地位を確立するために動き出していた。

そんな友松が会いに行ったのは、やはり恵瓊だった。

このころ、恵瓊は京の建仁寺《けんにんじ》を再興しようとしていた。

建仁寺は建仁二年（一二〇二）、鎌倉幕府の将軍源頼家《よりいえ》が寺域を寄進し、栄西《えいさい》禅

師を開山として建立《こんりゅう》した。室町幕府により中国の制度にならって京都五山の三位として保護を受け栄えたが、戦乱が続くと荒廃した。

このため恵瓊が復興に乗り出したのだ。

ひさしぶりに訪ねてきた友松から再興する建仁寺の襖絵や障壁画を描かせて欲しいと言われて、恵瓊は目を丸くした。

「ほう、昔の友松殿の気性ならば、わたしに頭を下げて絵を描きたいなどとは申されなかったでしょうな」

友松は物静かに、

「さて、そうでありましたかな」

と言った。恵瓊はなおも、

「昔は絵師と言いながら、随分と武張《ぶば》っておられた。『本能寺の変』を起こした明智光秀の重臣、斎藤内蔵助の遺骸を奪ってひそかに弔ったのは友松殿だという話も伝え聞いておりまするぞ」

と言った。

「はて、さようなことがありましたかな」

友松は穏やかに笑うばかりだった。

恵瓊は感心したように、

「なにやら、悟達《ごたつ》するところがあられたのですな。いずれその話は聞きましょうが、まずは建仁寺の絵のこと承知いたした。元はと言えば、拙僧の出世も友松殿が『美濃譲り状』の秘密を突き止めてくれたおかげですからな」

と言った。

だが、この恵瓊の言葉にも、友松は、

「はて、何のことやら」

と言うばかりだった。

恵瓊は苦笑したが、数カ月後、友松が建仁寺に描いた絵を見て、瞠目《どうもく》することになる。

友松は建仁寺の方丈《ほうじょう》を飾《かざ》る絵として、〈竹林七賢図〉や〈山水図〉などの水墨画を描いていた。

だが、恵瓊を驚かせたのは方丈の東側、玄関に最も近い位置にある下間《げかん》二の間に描かれた〈雲龍図〉だった。

龍が、見る者を威圧するほどの迫力で描かれている。

龍は春分に天に昇り、秋分には淵《ふち》に潜《ひそ》むという。八面の襖の中に対峙する阿吽《あうん》二形《ぎょう》の双龍《そうりゅう》だった。濃墨《こいすみ》を用いて暗雲を描き、墨の濃淡が巧みに使い分けられ、深みと力強さを併《あわ》せ持つ絵だった。

永徳が描き続けた華麗な絵ではないながらも、力強さにおいて引けをとらない絵であることは明らかだった。

〈雲龍図〉の前に立った恵瓊は、

「まことに見事じゃ。しかし、何とのう、懐かしく思えるのはなぜであろうか」

とつぶやいた。

「それはかつて恵瓊殿が会われたことがあるからであろう」

友松はさりげなく言った。

「わたしが会ったことがあるとはどういうことです」

恵瓊は振り向いた。

友松は〈雲龍図〉を見つめながら、

「この絵には武人の魂を込めました。されば、恵瓊殿がこれまで会った武人たちを思い出されるのではございませんか。たとえば、山中鹿之助殿、清水宗治殿などでございましょう」

と言い添えた。

「なるほど、そういうことか。だとすると、友松殿がこの絵の双龍に込めた武人の魂とは彼《か》のひとたちでございましょう」

「誰だと思われるのですか」

友松は微笑んで恵瓊を見つめた。

恵瓊はちらりと友松を見てから、ふたりの武人の名を口にした。

明智光秀
斎藤内蔵助
ふたりの名を聞いても友松は顔色を変えず、平然としている。

恵瓊はため息をついた。

「わたしが再興しようとしている建仁寺の襖絵に、よりによって主殺しの大罪人の魂を込めるとは、困ったことをされるひとだ」

「わたしは明智様と斎藤殿を大罪人とは思っておりません。織田信長という魔王からこの世を救った正義の武人であろうかと思っています」

「それゆえ、この寺にふたりの魂を留めおこうということですか」

「いけませぬか」

友松は微笑んだ。

「いかんと言っても、もはや描いてしまったものは、いかんともしがたいでしょう」

　恵瓊はおかしげに笑った。友松はうなずいた。

「わたしは、絵とはひとの魂を込めるものでもあると思い至りました。この世は力ある者が勝ちますが、たとえどれほどの力があろうとも、ひとの魂を変えることはできません。絵に魂を込めるなら、力ある者が亡びた後も魂は生き続けます。たとえ、どのような大きな力でも変えることができなかった魂を、後の世のひとは見ることになりましょう」

　恵瓊の目には、濃淡の墨で描かれた龍が、いまにも襖から脱け出て天へと駆け昇るのではないかと見えた。

二十五

　西洞院時慶《にしのとういんときよし》の日記『時慶卿記《きょうき》』によると、友松は文禄《ぶんろく》二年（一五九三）十一月に施薬院《やくいん》で行われた茶会の席で豊臣秀吉《とよとみひでよし》と会っている。

　秀吉から出自を尋ねられても友松は答えなかった。

だが、代わって施薬院全宗《ぜんそう》が、友松は近江の浅井家に仕えた海北氏の出であることを伝えると、秀吉は、いかにも「ひとたらし」らしく、

「浅井家の海北氏と言えば勇将の家柄と聞いておるぞ」

と言って伏見城《ふしみじよう》に遊びに来るように誘ったうえ、白綾《しらあや》の小袖と唐渡《からわた》りの墨を下《か》賜《し》した。

友松は秀吉の好意を謝したが、伏見城には行かなかった。親友の斎藤内蔵助が山崎の戦いで秀吉勢に敗れて捕らえられ、磔《はりつけ》になっていたからだ。

慶長元年（一五九六）、友松は六十四歳にして、妻を娶っている。名を、

――清月《せいげつ》

といった。近江の浅井家に仕えた武士の娘で、友松にとっては遠縁《とおえん》にあたる。両親を病で亡《な》くし、知《し》る辺《べ》を頼って京に出てきて、狩野派で絵を学ぼうとしていたときに友松と知りあったのだ。まだ、二十代の清月と友松は仲睦《なかむつ》まじく暮らした。

二年後に長男が生まれている。

「この齢《とし》で子を得たか」

友松は相好《そうごう》を崩して喜んだ。清月は生まれた赤子をあやしながら、

「ひとはなさねばならぬ生き甲斐を持っておれば、齢のことなど忘れてよいのでは

ありませんか」

「わしはなさねばならぬことを持っているであろうか」

「旦那《だんな》様は、まだご自分ならではの絵を描いてはおられぬのではありませんか」

赤子を産んでつややかさを増した清月は、笑みを浮かべて言った。

「そうか、そうであったな」

友松は大きくうなずいた。

壮年で逝《い》った狩野永徳は、早熟の才にまかせておのれを表す絵を描きまくった。しかし、自分はまだ、何事もなしていない、と思った。

友松は、清月と出逢《であ》った六十を過ぎてから、老いの木に花を咲かせるように、はなやかな風情《ふぜい》を身にまとうようになっていた。

友松が安国寺恵瓊の伝手《つて》で建仁寺に〈雲龍図〉はじめ、〈花鳥図〉〈竹林七賢図〉〈山水図〉〈琴棋書画図〉など数多くの障壁画、襖絵を描いたのは、慶長四年（一五九九）のことだった。

本坊や方丈に描かれた絵は五十余り、周辺の塔頭や末寺《まつじ》を含めると友松の絵は百を超した。中でも餌《えさ》を狙い、松の根元に降《お》り立った孔雀《くじゃく》を描いた、

――〈松に孔雀図〉は墨気《ぼっき》凄まじく、松と孔雀を墨一色で描きながらもはなやかな色彩を感じさせた。中国での水墨画は、

――如兼五彩《にょけんごさい》

すなわち墨は五彩を兼ねるとしていた。その神髄《しんずい》を友松はいつしか会得《えとく》していた。

友松はすでに六十七歳。

このころから、友松の絵師としての本格的な活動が始まることを考えると、晩成といまさら称するのもおかしいほどであった。しかし、鋭く奔放な筆致《ひっち》で墨を生かして凄まじいまでの気魄を込めて描く画風は、

――友松様《よう》

と呼ばれる独自の世界を繰り広げるようになっていた。

友松が建仁寺で画業に勤《いそ》しんでいるころ、世上《せじょう》は風雲急《ふううんきゅう》を告げていた。

文禄、慶長年間に朝鮮出兵を行っていた豊臣秀吉は慶長三年八月に病没した。

秀吉の死後、徳川家康と五奉行の石田三成、増田長盛《ましたながもり》、長束正家《なつかまさいえ》、浅野長政、前田玄以《まえだげんい》の対立が激化した。

石田三成らは、東国の徳川家康に対抗できる大大名は西国の毛利輝元だけだ、として毛利を味方に引き入れようとした。この際に石田三成と毛利輝元の間を取り持ったのが安国寺恵瓊だった。

恵瓊はいまなお天下を動かそうとしていた。このころ、恵瓊は六十一歳。伊予国で六万石《ごく》の所領を与えられて大名となっていた。さらに東福寺第二百二十四世の住持となっており、僧侶としても昇り詰めていた。

恵瓊は東福寺に住持として入院するにあたり山門を指さして法語を唱えた。その中で自らを、

——東山《ひがしやま》の活獅子《かつじし》

にたとえた。六十を過ぎても意気盛んで、大名たちを睥睨するところがあった。

慶長五年六月、家康は五大老のひとりである会津《あいづ》の上杉景勝に謀反の疑いがあるとして、討伐《とうばつ》のため諸大名を率いて東下《とうか》した。

このころ近江の佐和山城に蟄居《ちっきょ》していた石田三成は、この機会に家康打倒の兵を挙げようと考えた。

三成が挙兵にあたって相談したのが、親友の大谷吉継《おおたによしつぐ》と恵瓊だった。

恵瓊に挙兵を打ち明けたのは、毛利輝元を家康討伐軍の大将に迎えるためだっ

た。

七月十二日、三成は大谷吉継、恵瓊と佐和山城で会合した。恵瓊は三成から毛利を引き入れることを要請《ようせい》されると、

「拙僧にまかされよ」

と快諾《かいだく》した。このころ毛利家内部では吉川元春の子、広家《ひろいえ》がことあるごとに恵瓊と対立しており、かつてのように恵瓊の一存で毛利の動向は決まらなかった。だが、過去の実績に自信がある恵瓊は、この度の天下分け目の戦いでも辣腕《らつわん》を振るうつもりだったのだ。

恵瓊の勧めにより、毛利輝元は十五日には広島を船で発って、十六日夜、大坂に到着、十七日には大坂城西ノ丸に入り、家康討伐の盟主《めいしゅ》となった。

恵瓊が三成から相談を受けて、わずか五日後である。

軍勢を率いてこの早さで大坂入りができたのは、恵瓊が三成の決起に応じるつもりで、あらかじめ輝元を説得していたからに違いない。

恵瓊は家康と三成の対立を、毛利が天下を取る好機だと見たのである。毛利が天下を制すれば、この戦を献策《けんさく》した功績は計《はか》り知れないものになるというのが、恵瓊の腹積《はらづ》もりだった。

恵瓊から石田三成につくと知らされた吉川広家は、家康には勝てないとして猛反対した。

だが、輝元が恵瓊の策にのって大坂城に入ると、広家はひそかに徳川方に通じた。そのことを知らない恵瓊は、西軍とともに軍勢を引き連れて出陣した。

伊勢《いせ》に入った恵瓊は西軍の諸将とともに安濃津城《あのつじょう》を攻め、手勢が敵の首級四十七をあげた。その後、美濃に進んで南宮山《なんぐうさん》に陣を布《し》いた。

一方、三成も美濃路から大垣城《おおがき》に入った。家康は東軍を率いて近づきつつあった。このとき、三成は大坂城の毛利輝元に出陣を要請したが、吉川広家から止められている輝元は大坂城を出なかった。

広家は密使を家康のもとに遣《つか》わし、黒田長政《くろだながまさ》を通じて、輝元には家康に敵対するつもりはなく、すべては、

——安国寺一人《ひとり》之《の》才覚
としていた。輝元が大坂城に入ったのは、すべて恵瓊の謀によるものだとして責めを負わせていた。

この段階で、輝元が大坂城を出ないことや、広家の暗躍《あんやく》を恵瓊は察知《さっち》した。恵瓊は毛利が戦わない以上、家康に勝てないと見極めた。

(毛利のために天下取りの好機を用意してやったのがわからぬか――)

恵瓊は歯噛みする思いだったが、禅僧だけに、すぐに諦めた。

このため、九月十五日、東西両軍が激突しての関ヶ原の戦いが始まってからも、南宮山から動かなかった。

あたかも戦に恐れをなしたかのように見えたが、恵瓊にしてみれば、勝てない戦をするのは愚かなことだった。

関ヶ原で西軍が敗れると、恵瓊は近江の佐和山に落ち延び、琵琶湖を舟で坂本に渡った。さらに京に入って鞍馬《くらま》の月照院《げっしょういん》に潜んだ。そして徳川勢の追手が迫るのを察すると間もなく縁の深い建仁寺へと向かった。

建仁寺の門前に立った恵瓊はすでに一介の旅の僧の身なりで、落ち着いた様子で山門をくぐった。夕刻になっていた。

恵瓊が寺内に進もうとすると、男の声がした。

「ようやっと見えられたか。随分、待ちましたぞ」

恵瓊は薄闇の中に手燭《てしょく》を持って立つ男をじろりと見た。

友松だった。

恵瓊は苦笑した。

「徳川方の目を晦《くら》ませてここまで来たのに、昔馴染《なじ》みに会うとはわたしの運もこれまでかもしれませんな」

友松は頭をゆっくり振った。

「運のことなど、わたしにはわかりませぬな。ただ、恵瓊殿に見てもらいたい絵があるゆえ、ここで待っており申した」

「わたしを待っていたですと？」

恵瓊は怪訝な顔をした。

「さよう。思えば恵瓊殿は若いころから才智を鼻にかけた、まことに小生意気《こなまいき》な僧であった」

「それはこちらで言いたいことだ。友松殿は僧でありながら武士に戻ることだけを願っている、わからずやの頑固者でしたな」

恵瓊はからからと笑った。

「まさにその通りですな。そんなふたりがよく戦国の世を生き抜いたものだと思いまするぞ」

「だが、わたしは最後の勝負でしくじった」

恵瓊は淡々と言った。

友松はそんな恵瓊をちらりと見てから、こちらへ、と先に立って案内した。恵瓊は黙ってついていく。

本坊《ほんぼう》の傍らを通り過ぎて友松が恵瓊を連れていったのは建仁寺の塔頭のひとつ禅《ぜん》居庵《きょあん》だった。

友松は勝手知った様子で禅居庵に上がると、さらに廊下《ろうか》を通って一室に恵瓊を誘《いざな》った。部屋に入った友松は手燭の灯《あか》りで襖を照らした。

「おお、これは――」

思わず恵瓊は息を吞んだ。

襖十二面に〈松竹梅図《しょうちくばいず》〉が描かれていた。

友松の絵である。

竹は夏、梅は春、松は冬を表すのだろう。手燭の灯りに浮かび上がる松の絵には、季節が冬であることを示す鳥のように黒い羽をした、

――叭々鳥《ははちょう》

が二羽《わ》、描かれている。叭々鳥は、

――八哥鳥《はっかちょう》

とも呼ばれる。美しい声で鳴き、時に人語を物まねすることから中国でよく飼わ

れており、花鳥図で描かれることが多い。

叭々鳥がとまる松の巨樹が、天を突かんばかりに力強く描かれている。

一方、梅は優美でありながら勁《つよ》さを内包し、松が動を表すのであれば、梅は静を示しているかのようだ。

恵瓊は襖絵をじっくりと見て、

「松はさしずめ、友松殿でございますか。されば、わたしは梅なのでしょうか」

と言った。

友松は微笑してうなずいた。

さようか、とつぶやいた恵瓊は梅に見入りながら、

「気高《けだか》く、凛《りん》とした梅でござるな。拙僧もかくありたいと思います」

とつぶやいた。

「さように思っていただければ嬉しゅうござる」

友松はしみじみとした表情で言った。恵瓊の顔に笑みが浮かんだ。

「さらに申せば、梅は散る前に香《かおり》を残します。友松殿は、拙僧に潔く散って、ひととしてのよき香を残せと言われたいのでしょう」

友松はじっと恵瓊を見つめるばかりで何も答えない。

恵瓊はふと、松の絵に目を転じた。

「友松殿、あの松はご自身を描かれましたか」

「さて、わかりませぬが、あるいはそうかもしれません」

雲霞の間から覗き、天に向かうかの松には友松を思わせる豪快《ごうかい》な気品《きひん》があった。

「枝にとまる叭々鳥は何を表すのでしょうか」

興味ありげに恵瓊は訊いた。

「さて、何でしょうか」

友松は首をかしげる。

「拙僧には、明智光秀殿、斎藤内蔵助殿と見えまするな」

恵瓊はにこりとした。友松はあらためて松の絵に見入って、さようですか、とため息まじりに言った。

さらに恵瓊は言葉を継いだ。

「もし、この松が友松殿であるとするなら、梅の友でありましょうか」

「無論でござる」

友松は即答した。

恵瓊は嬉しげに頭を下げて合掌した。

「ありがたく存じます。友松殿に引導《いんどう》を渡されることになるとは夢にも思いませんでした」

晴れ晴れとした声で恵瓊は言った。

「差し出がましいことを申し上げた。お許しくだされ」

友松の言葉に、恵瓊はにこやかな表情で頭を振った。そして踵《きびす》を返すと廊下に出て、さらに禅居庵を出ていった。

数日後、恵瓊は建仁寺を出て六条に潜んだが、九月二十二日に京都所司代、奥《おく》平信昌《だいらのぶまさ》の手の者に捕らえられて大津《おおつ》の家康の陣に送られた。

その後、恵瓊は石田三成、小西行長《こにしゆきなが》とともに大坂、堺の町を引き回された。

十月一日――

恵瓊は三成、行長とともに京の六条河原で斬られ、三条大橋に梟首《きょうしゅ》された。

斬首される際、恵瓊は落ち着いた声で、

――清風明月を払い、明月清風を払う

と言い放った。

一片の曇りもない清々《すがすが》しい心持ちで、恵瓊はこの世を去ったのである。

二十六

関ヶ原の合戦の後、友松は大名家への出入りより、風雅の交わりを好み、八条宮《はちじょうのみや》智仁親王《としひとしんのう》の邸《やしき》を訪れるようになった。後陽成《ごようぜい》天皇や智仁親王を中心にしばしば和歌の会が催されており、友松はそのような席に加わることで古典の素養を深め、大和絵《やまとえ》などわが国古来の絵の様式にも理解を深めていった。

智仁親王は一時、豊臣秀吉の猶子《ゆうし》となったが、秀吉に長子鶴松《つるまつ》が生まれると八条宮家を建てた。

細川幽斎《ゆうさい》（藤孝）から古今伝授《こきんでんじゅ》を受けるなど古典に幅広い教養を持っており、智仁親王のまわりには文人《ぶんじん》、墨客《ぼっかく》が集まった。

桂離宮《かつらりきゅう》を造営した智仁親王の求めに応じて、友松は、

――浜松図屛風《はままつずびょうぶ》

網干図屏風《あぼしずびょうぶ》

などを描いた。中でも、

──山水図屛風

では、線によらずに墨の濃淡の諧調《かいちょう》により、山容や樹々《きぎ》、石などを描いた。それは狩野永徳でも描けなかった立体感のある山水画だった。

晩年の友松は悠々自適《ゆうゆうじてき》に暮らしながら、絵を描き続けた。

家康は慶長八年（一六〇三）二月、征夷大将軍に任ぜられて江戸に幕府を開いた。だが、わずか二年後には将軍職を三男秀忠に譲《ゆず》り、徳川氏の天下が永代にわたって続くことを示した。その一方で関ヶ原の戦いの後、一大名に転落した豊臣秀頼《ひでより》に秀忠の娘千姫《せんひめ》を娶《めあわ》せるなどして慰撫《いぶ》した。

豊臣家は徳川氏支配下の一大名として存続するか、実力をもって対抗するか、いずれかを迫られることになった。

家康もまた、いずれ豊臣家をつぶそうと機会をうかがっていたが、関ヶ原の戦いから十四年後、慶長十九年十月、方広寺《ほうこうじ》鐘銘《しょうめい》事件をきっかけに大坂城攻めに踏み切った。

家康はわずかな兵を率いただけで駿府を出発、十月二十三日には京の二条城に入った。将軍秀忠は五万の兵を率いて江戸を発った。上方には全国から総勢十九万四千の兵が幕府軍として集まるはずだった。

これに対して、大坂城では真田信繁《さなだのぶしげ》（幸村《ゆきむら》）や長宗我部盛親《もりちか》、後藤又兵衛《ごとうまたべえ》、毛利勝永《かつなが》、明石全登《あかしてるずみ》（掃部《かもん》）ら武勇に優れた牢人たちを入城させて幕府軍に備えた。籠城の将兵はおよそ九万六千だった。

大坂城が風雲急を告げる中、友松は京の三条の邸で、

——禅宗祖師図《そしず》屏風

を描いていた。達磨大師《だるまたいし》に始まる禅宗祖師たちの悟りの契機を絵にしたものだ。

かつて山陰地方で大きな勢力を誇った室町時代以来の名家山名《やまな》氏の出である山名禅高《ぜんこう》の求めに応じて描くことになったのだ。

山名禅高はかつて因幡《いなば》国守護だったが、天正八年（一五八〇）、織田信長の部将羽柴秀吉に居城の鳥取城《とっとりじょう》を攻められて降伏した。

禅高は武家故実に通じ、和歌はもとより茶の素養があったので、秀吉の御伽衆《おとぎしゅう》の一員に加えられた。

秀吉の没後は徳川家康に近づき、関ヶ原の戦いの後、但馬国七美郡《しつみごおり》内で六千七

百石を与えられ、しばしば駿府城に出入りしていた。

友松が、絵を描くことを引き受ける前に、

「大御所様に献《けん》じられるおつもりか」

と訊くと、禅高は淡々と答えた。

「そうだ」

「さて、大御所様は禅僧の悟りの絵などお喜びになりましょうか」

友松が訊くと、禅高は苦笑した。

「わしは鳥取城を亡き太閤殿下《たいこうでんか》に落とされて、国主の身から御伽衆の境涯《きょうがい》に落ちた。ひとが欲のままに生きることの無惨さはよく知っている。大御所様にもそのことを知ってもらいたいのだ」

禅高は暗に、大坂城を攻め亡ぼした家康に、天下をすべてわが物にしようという野望をそろそろ断ってもよいのではないか、と言いたいのだろう。

そう考えた友松は禅高の依頼を引き受けて、描き続けていた。そんなある日、妻の清月が、画室を訪れて、

「旦那様にお会いしたいというご牢人が見えておられます。いかがいたしましょうか」

と告げた。

「牢人者がわたしに何用があるのだ」

「お弟子になりたいと申しておられます」

「絵師になりたいと言うのか」

友松が言うと、清月は首を横に振った。

「いえ、とても絵師の道を歩まれる方には見えません。見るからに武人という方でございますから」

清月の言葉を聞いて、友松は莞爾《かんじ》と笑った。

「ほう、わたしも武人として生きたかったが、絵師にならざるを得なかった。どのような牢人者か会ってみよう」

清月はうなずいて、玄関に戻ると、間もなくひとりの男を画室に案内してきた。

男は三十過ぎで、日に焼けた浅黒い顔の目が鋭く、筋骨たくましかった。

黒の着物に茶の袖なし羽織を着て、裁付袴《たつけばかま》をつけていた。男は、播磨の牢人、

——宮本武蔵《みやもとむさし》

と名乗った。

武蔵の名を聞いても友松には何の感慨も浮かばなかった。

武蔵は播磨の豪族赤松《あかまつ》氏の流れを汲《く》む新免《しんめん》氏の子孫である宮本無二斎《むにさい》の子で、若いころから諸国をめぐって剣術修業をしていた。

このころ京の剣術の名門、吉岡《よしおか》道場に試合を挑《いど》んで死闘を繰り広げていた。

だが、友松は剣術修業者の噂など知らない。武蔵もただの牢人者にしか見えなかったが、ふと、何かに気づいたように鼻をひくつかせた。

「お主、血の臭いがするな」

友松は鋭い目で武蔵を見た。武蔵は無表情に答えた。

「剣術修業の身でござれば」

友松が言うと、剣術試合で相手を斬ったか」

「そうか、剣術試合で相手を斬ったか」

友松が言うと、武蔵は黙ってうなずいた。友松は、ははは、と笑った。

「なるほど、ひとを斬って生きていくおのれの境涯が疎ましくなって、絵を描きたくなったか」

「この世には美しきものもあろうかと存じます。それがし、剣をとるばかりにて、美しきものを見たことがございません」

武蔵は物憂《ものう》げに言った。

友松はうなずいてから、描きかけていた絵を指で差した。

「この絵を何と見る」

武蔵は覗き込んで首をかしげた。

僧侶が猫を片手でぶら下げ、片手で鉈《なた》を振り上げている。

武蔵が首をかしげると、友松は、

――南泉斬猫《なんせんざんみょう》
とつぶやいた。武蔵の目がきらりと光った。

「これは何をしておるのですか」

「争いのもととなる猫を高僧が斬っているのだ」

友松はさりげなく言った。

南泉斬猫とは一匹の猫をめぐって争う僧徒を戒《いまし》めるために、猫を切断したという唐《とう》の名僧、南泉普願《ふがん》の説話だ。

「猫には何の罪もないものを。酷《むご》いお坊様でございますな」

野太い声で武蔵は言った。

「そうだ。しかし、悟りを開くとは、おのれの情を捨てることであろうから、酷いのは、いたしかたないのやもしれぬ」

友松が諭すように言うと、武蔵は大きく吐息をついた。

「さようにございますか。わたしはひとを斬ることに慣れましたが、いっこうに悟りは開けません」

「されば、おのれの心を勁《つよ》くするために絵を描いてみるか」

友松に言われて、武蔵は深々とうなずいた。

十一月十八日――

将軍秀忠は摂津平野に着陣し、翌十九日から戦闘が始まった。

二十六日には、城の東北で上杉、佐竹《さたけ》軍と、城方の木村重成《きむらしげなり》、後藤又兵衛の軍勢が激突した。

さらに十二月四日には、松平忠直《まつだいらただなお》、井伊直孝《いいなおたか》、前田利常《まえだとしつね》の軍勢が大坂城の外側に設けられた真田丸に迫って真田信繁の部隊から猛反撃され、大きな損害を被《こうむ》った。

家康は大坂城の守りが固いのを見て、十二月二十日には講和した。

しかし、大坂城三ノ丸および総構《そうがまえ》だけを破却《はきやく》し、二ノ丸の石垣《いしがき》、矢倉《やぐら》、濠は豊臣氏の手で破壊し埋め立てる、という講和の条件を徳川方は無視して、総構と三ノ丸、二ノ丸を破却したうえ、濠すべての埋め立てを始めた。

慶長二十年（一六一五）正月には大坂城はほとんどの埋め立て工事が終わり、裸《はだか》城《じろ》同然となった。もはや、誰の目にも家康が大坂城をふたたび攻めて、豊臣家を亡ぼそうとしていることは明らかだった。

武蔵は大坂城攻めに何の関心も示さず、友松のもとで絵を修業していた。

友松の絵の下絵をひたすら模写《もしゃ》する日々だった。

その間、刀や木刀《ぼくとう》を振るうことはなく、あたかも一介の絵師になったかのごとくだった。

二月になって、武蔵は自分が描いた絵を友松に見せた。

一羽の鵙《もず》が枯れ木にとまっている絵だった。

鵙は厳しい目で前方を見据えている。よく見ると枯れ木の中ほどをゆっくりと尺取虫《しゃくとりむし》が這い上がっていた。

枯れ木を描いた線がまるで刀で斬り下げたように鋭く、鵙の佇《たたず》まいのただならぬ気配はいかにも武人が描いた絵だと思わせた。

友松は枯れ木に描かれている尺取虫を指さした。

「この虫は鵙に食われるのであろうな」

「さよう、いずれはそうなりましょう」

武蔵は平然と答える。鵙と尺取虫の生と死を分かつ場面が描かれているのだ。見る者に何事かを問いかけるかのようだった。

「所詮、この世は強き者が勝つだけということか」

友松が試すように言うと、武蔵は友松の目を見て答えた。

「さようではありません。尺取虫を食って強いはずの鵙も、所詮は天地の間にいるのでございます。何者も宿命からは逃れられません。勝者も敗者も同じところにおります。さすれば生死は一如《いちにょ》、何ら変わるところはございますまい」

「それが、お主の悟りか」

友松は厳しい声音《こわね》で言った。

「友松様から、〈南泉斬猫〉のたとえにてお教えいただいたと思っております」

武蔵は平然と答える。

「いや、お主はすべからく自得する男のようだ。剣もそして絵もまた然《しか》りであろう」

武蔵は少し考えてから、

「されば、もはやお暇《いとま》いたさねばならぬかと存じます」

と言った。

「やはり、大坂の陣に参るのか」

友松に言われて武蔵は目を瞠った。

「お気づきでございましたか」

「わたしのもとに来たのは、大坂の陣で豊臣と徳川のいずれが勝つかを見定めるためであろう。大坂城に入る牢人は多いゆえ、京の町におれば大坂方の牢人と京都所司代に疑われてしまう。それをごまかすために、絵師であるわたしに弟子入りして時を待っていたのであろう」

友松は笑った。

「恐れ入りましてございます」

武蔵は頭を下げた。

友松はあらためて鵙の絵に目を遣った。

「この絵に描かれた獲物を狙う鵙は大御所様であろう。そしていま食われようとする尺取虫は豊臣秀頼様か――」

「さて、どうでありましょうか」

武蔵は頭を下げて出ていこうとした。友松は武蔵を呼び止めて訊いた。

「待て、お主は大坂に参っていずれに味方するつもりなのだ」

「兵法者《ひょうほうもの》は負ける側につくことはございませぬ」

武蔵はきっぱりと言ってのけた。

「そうか、やはり、鵙か——」

武蔵が立ち去る足音を聞きながら、友松は絵に目を落とした。枯れ木にとまった孤独な鵙の姿は武蔵自身のように思えた。

家康はこの年、四月十八日、ふたたび二条城に入った。秀忠もまた江戸を出発して二十一日には伏見城に入った。

徳川軍は総勢十五万四千余り、徳川軍と大坂勢の主力は五月六、七日にわたって激突した。中でも前年の冬の陣で真田丸に拠《よ》って徳川軍を苦しめた真田信繁はしばしば家康の本陣を突いて奮戦《ふんせん》したが、力尽きて戦死。大坂方は敗北した。翌八日、秀頼は淀《よど》の方、大野治長《おおのはるなが》らとともに自害して果て、豊臣氏はついに滅亡した。

この戦で武蔵がどのような働きをしたのかは伝わっていない。

だが、武蔵が描いた、

——枯木鳴鵙図《こぼくめいげきず》

は後世まで名品として讃えられた。

江戸時代の絵師、白井華陽《しらいかよう》は『画乗要略《がじょうようりゃく》』で、

――宮本武蔵、撃剣《げきけん》ヲ善《よ》クス。世ニイフ所ノ二刀流ノ祖ナリ。平安ノ東寺観智院《とうじかんちいん》ニソノ画《え》有リ、山水人物、法ヲ海北氏ニ習《なら》フ。気豪力沈《きごうりきちん》。

と武蔵は海北友松の弟子であるとしている。実際に武蔵が友松の弟子であったかどうかはともかく、武人の気魄が込められた絵を描いた友松の系譜《けいふ》に連《つら》なることは間違いないだろう。

海北友松は、この年、六月二日に亡くなった。享年八十三。

戦国時代の終焉《しゅうえん》を見届けたかのような最期だった。

*

春日局はようやく友松の話を終えた。

友松の息子である小谷忠左衛門は、呆然として話に聞き入っていたが、春日局が

口を閉じるとあわてて頭を下げた。

「何もかも知らぬことばかりでございました。お聞かせくださりありがたく存じます」

春日局は微笑んだ。

「友松様はまことに何も語られなかったようじゃな」

「はい。父にとって、昔のことは夢幻《ゆめまぼろし》のごときものだったのではありますまいか」

忠左衛門はため息をついて言った。

「そのような思いはわたくしにもある。織田信長公を討った謀反人の娘であるわたくしが将軍家の乳母になるなど、昔は考えもしなかったことじゃ」

春日局は思いをめぐらしていたが、忠左衛門にあらためて顔を向けた。

「さて、友松様の話を聞いて、どのように思ったのか、聞かせてたもれ」

忠左衛門はしばらく考えた後、真摯《しんし》な面持ちで答えた。

「されば、父はこの世に何かを伝えようと、懸命に絵師として生きたのだと存じます。父が伝えたいと思ったことは、あるいはわたしの胸の裡にもあるやもしれません。これからはそれを探して生きて参りたいと思います」

春日局はにこりとした。

「それは、わたくしも同じことじゃ。父がなぜ主君である織田信長公を討ったのか。その思いを知りたいと思って、わたくしも生きておる。それが戦国の世を生きた父を持つ子の務めであるやもしれぬな」

しみじみとした春日局の言葉を聞いて、忠左衛門は手をつかえ深々と頭を下げた。

忠左衛門は春日局によって徳川家光への推挙を受け、江戸に屋敷を与えられた。

そして海北家を再興して友雪《ゆうせつ》の号を用いるようになる。

また、狩野探幽《たんゆう》の教えを仰《あお》いで明暦《めいれき》、寛文《かんぶん》、延宝《えんぽう》の内裏造営にともなう障壁画制作にも狩野派以外の絵師として参加した。後水尾上皇の御用もしばしば務めて法《ほっ》橋《きょう》に叙《じょ》せられた。

狩野派の影響を受けながらも友松の画風を受け継ぎ、さらに大和絵の技法を生かして絵を描き続けた。

やがて海北友雪は友松を思わせる妙心寺《みょうしんじ》麟祥院《りんしょういん》客殿の、

——雲龍図

西湖図《さいこず》のほか、〈一の谷合戦図屏風〉〈花鳥図屏風〉などの秀作を遺した。
友松の画業は、斎藤内蔵助との奇縁により子に伝えられたのである。

〈了〉

解説——「美しさ」を描く小説

澤田瞳子《さわだとうこ》

『墨龍賦《ぼくりゅうふ》』は「美しさ」を描く小説である。

——とこう書けば、本作を未読の方は「なにを当たり前な。絵師・海北友松《かいほうゆうしょう》が主人公なのだから当然だろう」と仰《おっしゃ》るかもしれない。

そんな方のために、まず最初にご説明せねばなるまい。本作はただ絵師を主人公とした「美術小説」ではない。絵画の美に留《とど》まらず、人間世界を生きる上での心構えの「美しさ」を主題とした作品なのだ、と。

本作の主人公・海北友松は浅井《あざい》家の家臣の三男坊として生まれたが、兄の命令で京都の禅寺・東福寺《とうふくじ》の喝食《かつじき》となり出家。狩野《かのう》派の絵を学ぶも、絵師としてのデビューは遅く、六十歳を過ぎてからその活躍が際立《きわだ》つようになるという遅咲きの画家である。

実際のところ、歴史好きの方にとっては絵師としての活躍より、明智光秀《あけちみつひで》の配下であり、羽柴秀吉《はしばひでよし》軍によって斬首《ざんしゅ》された友人・斎藤利三《さいとうとしみつ》の首を奪還《だっかん》して葬ったという事績の方が、よく知られているかもしれない。ちなみに斎藤利三の娘であり、徳川家光の乳母《めのと》として名高い春日局《かすがのつぼね》を主人公とした一九八九年のNHK大河ドラマでは、演歌歌手の吉幾三《よしいくぞう》氏が海北友松を演じ、父親を失った主人公の助け手として大活躍していた。

それだけに私は葉室さんが友松を書かれるとうかがったとき、「きっと前半生が謎とされる絵師の人生を活写した上で、彼が己《おのれ》の絵を大成する老境を瑞々《みずみず》しく描かれるのだろう」と思った。だが二〇一七年の一月に刊行された本作を読み、私は自分の推測が半分当たり、半分見事に外《はず》れていたことを知った。なぜなら葉室さんが本作で描かれたのは、迷いなく絵の道に突き進む画家ではない。武士に戻りたくとも戻れず、激しい世の転変の中で戸惑いながらも、人の世において生きる上での美しさとはなにかを考え続けた男だった。

十三歳で東福寺に入れられる際には、兄に対して「仏門に入っても武術の鍛錬《たんれん》は続けたい」と主張。幾度も兄に還俗《げんぞく》の願いを伝えてはそのたびに撥《は》ねつけられ、だからこそなお武士としての魂《たましい》を持ち続けようと焦《あせ》る姿は、誤解を恐れずに言えば平凡にすら映る。

そんな友松を置き去りに、彼を取り巻く人々はみな、己の信じる道をためらいなく突き進んでいく。例《たと》えば若かりし頃に東福寺で出会った安国寺恵瓊《あんこくじえけい》は、仕官した毛利《もうり》家のためであれば旧友たる友松を利用しても厭《いと》わぬ謀略家。また友松の年下の師匠《ししょう》である狩野永徳《えいとく》は、「武士も絵師もどっちも修羅《しゅら》の道」と言い放ち、絵を描き続けた挙句《あげく》に倒れ、画業に殉《じゅん》じた人物――という具合である。

それに比べると、友松の人生には紆余《うよ》曲折《きよくせつ》が多い。幾度も「絵師なんぞになるか」と自らに言い聞かせながらも、それでも絵筆を取り続けてしまう。そしていずれは天に向かって翔《か》ける「蛟龍《こうりゆう》」だと見込んだ明智光秀と、その臣下・斎藤利三の死を通じ、絵を描く行為とはこの世のすべてを絵の中に見出すことだと気づくのである。

実は本書（単行本）刊行後のインタビューで葉室さんは、武士になる望みを抱きながらも絵師となった友松は、元・新聞記者でありながら小説家になった自らと重なると語っていらっしゃる。

「人は何かになろうとしてなれればいいが、自分の中にある何かが思ってもみなかった別の場所に連れて行くこともある。そう素直に認められるようになってきた」

（二〇一七年三月十三日付 読売新聞）

という述懐は、本作がちょうど五十作目となった葉室さんが十二年の作家生活を振り返っての感慨。そして同時に、人の生きる道には正解なぞないという一つの悟《ご》達《たつ》とも言えるだろう。

ところで、私は葉室さんが京都に仕事場を置かれた晩年、後輩作家兼年下の友人として交流を持たせていただいた。足かけ三年に及ぶお付き合いの中でつくづく感じたのは、「葉室さんほど美しい人はいない」ということだ。

ここで言う美しさは、もちろん外見の美醜《びしゅう》ではない。「花の美しさは形にありますが、人の美しさは覚悟と心映《こころば》えではないでしょうか」とは葉室さんの松本清張賞受賞作『銀漢の賦』の一節だが、まさにこの言葉通り、葉室さんは正しいことは美しいとの信念をどんな時も貫き続けた。曲がったことは大嫌いで、そのために小説家になる以前は随分なご苦労もなさったらしい。ただ本作の冒頭で春日局が友松を「おのれの悲しみだけでなく徳行《とくぎょう》も語らぬひとであった」と評するのと同様、葉室さんもまたご自身の来《こ》し方《かた》に言を尽くさぬ人だった。

そんな葉室さんから、京都の酒席で幾度となく言われたことがある。それは「この世は苦しく、不条理なんだよ」という言葉だ。「だけど幾ら辛《つら》い目に遭《あ》ったからって、そこで心を折って、自分を虐《しいた》げた奴らと同じになっちゃ、あまりに情けないじゃないか。だからそういう時こそ、自分の信じる通りの道を歩まなきゃならないんだ」

そう、どれだけ無様《ぶざま》でも、世人から嘲《あざけ》られようとも、人は美しく生きねばならない。それこそが葉室麟の生きざまであり、小説の中で繰り返し描こうとした「美しさ」だった。これほど書き手の人柄と作品が合致した小説家を、私は他に知らない。

本作で友松は斎藤利三を武門の鑑《かがみ》たる人物と喝破《かっぱ》し、武士として生きることは己の美しさを磨《みが》くことだと考えている。その美しさとはすなわち、生き方がいかに優《すぐ》れているか。そして「勇敢で潔《いさぎよ》く、義のためにおのれの命を投げ出すことができるような漢《おとこ》」こそ美しい、と。

だが友松がそれほど見込んだにもかかわらず、斎藤利三とその主《あるじ》・明智光秀は本能寺の変の後、山崎の合戦に敗北して討たれる。そしてそれを知った友松は建仁寺《けんにんじ》方丈《ほうじょう》に「雲龍図」を描き、そこに二人の魂を留《と》めおこうとする。

それは絵師として、紙上に見える「美」を表す行為ではない。人間の「美しさ」を偲《しの》び、人の記憶に留めようとすることで、この苦しみ多き世界になお一筋の光明を見出そうとする祈りなのではないか。

だからこそ、私はもう一度ここで繰り返したい。『墨龍賦』は「美しさ」を描く小説である、と。

本作を上梓《じようし》した十か月後、葉室さんは急逝《きゆうせい》なさった。その少し前から体調を崩されていたにもかかわらず、編集者にも我々親しい作家にも何も仰らぬままの突然の死であった。

年下の友人という立場からすれば、最後まで小説家であろうとなさった覚悟は腹立たしいほど不器用で、そして美しい。今この原稿を書いていても、ああ、もう、とうめき声が漏れ、涙が出て来るほどだ。

――この世は力ある者が勝ちますが、たとえどれほどの力があろうとも、ひとの魂を変えることはできません。絵に魂を込めるなら、力ある者が亡びた後も魂は生き続けます。たとえ、どのような大きな力でも変えることができなかった魂を、後の世のひとは見ることになりましょう。

葉室さんが亡くなってからというもの、友松が恵瓊に語ったこの言葉を、私は「絵」を「小説」と置き換えて、繰り返し繰り返し読んでいる。

葉室麟が信じ続けた、人の美しさ。それはすべての葉室作品の中に息づき、これからも生き続ける。だとすればきっと我々はこれからも、葉室さんを身近に感じることができる。そしてその作品は、悩み苦しみながらこの世に生きるすべての人たちを照らす清澄《せいちょう》なる光であり続けるはずだ。

（作家）

この作品は、二〇一七年二月にＰＨＰ研究所から刊行された。

著者紹介
葉室 麟（はむろ　りん）
1951年、福岡県北九州市生まれ。西南学院大学卒業後、地方紙記者などを経て、2005年、「乾山晩愁」で歴史文学賞を受賞してデビュー。2007年、『銀漢の賦』で松本清張賞、12年、『蜩ノ記』で直木賞、16年、『鬼神の如く　黒田叛臣伝』で司馬遼太郎賞を受賞。
その他の作品に、『秋月記』『花や散るらん』『橘花抄』『冬姫』『無双の花』『霖雨』『春風伝』『孤篷のひと』『大獄西郷青嵐賦』『天翔ける』『暁天の星』など。
2017年12月23日、逝去。

ＰＨＰ文芸文庫　墨龍賦《ぼくりゅうふ》

2019年11月22日　第１版第１刷
2019年12月19日　第１版第２刷

著者	葉室　麟
発行者	後藤淳一
発行所	株式会社ＰＨＰ研究所

東京本部　〒135-8137 江東区豊洲5-6-52
第三制作部文藝課　☎03-3520-9620（編集）
普及部　☎03-3520-9630（販売）
京都本部　〒601-8411 京都市南区西九条北ノ内町11

PHP INTERFACE　https://www.php.co.jp/

組版	朝日メディアインターナショナル株式会社
印刷所	株式会社光邦
製本所	株式会社大進堂

©Rin Hamuro 2019 Printed in Japan
ISBN978-4-569-76984-4
※本書の無断複製（コピー・スキャン・デジタル化等）は著作権法で認められた場合を除き、禁じられています。また、本書を代行業者等に依頼してスキャンやデジタル化することは、いかなる場合でも認められておりません。
※落丁・乱丁本の場合は弊社制作管理部（☎03-3520-9626）へご連絡下さい。送料弊社負担にてお取り替えいたします。

PHPの本

暁天《ぎょうてん》の星

葉室 麟 著

葉室麟が最期に「書かねばならない」と挑んだテーマとは。不平等条約の改正に尽力した明治政府の外相・陸奥宗光を描いた未完の大作。

【四六判】 定価 本体一、七〇〇円（税別）

PHP文芸文庫

霖《りん》雨《う》

葉室麟　著

辛いことがあっても諦めてはいけない――豊後日田の儒学者・広瀬淡窓と弟・久兵衛が、困難に立ち向かっていくさまが胸に迫る長編小説。

定価　本体七四〇円（税別）

PHPの「小説・エッセイ」月刊文庫

『文蔵』

毎月17日発売　文庫判並製（書籍扱い）　全国書店にて発売中

◆ミステリ、時代小説、恋愛小説、経済小説等、幅広いジャンルの小説やエッセイを通じて、人間を楽しみ、味わい、考える。
◆文庫判なので、携帯しやすく、短時間で「感動・発見・楽しみ」に出会える。
◆読む人の新たな著者・本と出会う「かけはし」となるべく、話題の著者へのインタビュー、話題作の読書ガイドといった特集企画も充実！

詳しくは、PHP研究所ホームページの「文蔵」コーナー（https://www.php.co.jp/bunzo/）をご覧ください。

文蔵とは……文庫は、和語で「ふみくら」とよまれ、書物を納めておく蔵を意味しました。文の蔵、それを音読みにして「ぶんぞう」。様々な個性あふれる「文」が詰まった媒体でありたいとの願いを込めています。